BASTEI
LÜBBE
TASCHENBUCH

Über die Autorin:

Renate Barth ist Diplom-Psychologin, Psychoanalytikerin und Familientherapeutin. 1983 wanderte sie nach Australien aus. Dort bekam sie ihre Tochter Sophie, die als Kleinkind an Krebs erkrankte und starb. Renate Barth hat diverse deutsch- und englischsprachige Artikel in psychologischen und medizinischen Fachzeitschriften und Fachbüchern veröffentlicht sowie 2008 den Ratgeber *Was mein Schreibaby mir sagen will.* Renate Barth lebt heute in Hamburg.

Renate Barth

Unser letzter Sommer mit Sophie

Über das viel zu kurze Leben meiner Tochter

BASTEI LÜBBE
TASCHENBUCH

BASTEI LÜBBE TASCHENBUCH
Band 61016

Um die Privatsphäre zu schützen, wurden die Namen einiger Personen in diesem Buch verändert: Dr. Dawson, Dr. White, Brenda, Sharon und Sue.

FSC
www.fsc.org
MIX
Papier aus verantwortungsvollen Quellen
FSC® C083411

Dieser Titel ist auch als E-Book erschienen

Originalausgabe

Satz: hanseatenSatz-bremen, Bremen
Gesetzt aus der Adobe Garamond Pro
Druck und Verarbeitung: CPI books GmbH, Leck – Germany
ISBN 978-3-404-61016-7

2 4 5 3 1

Sie finden uns im Internet unter
www.luebbe.de
Bitte beachten Sie auch: www.lesejury.de

Die Literatur ist das Gedächtnis der Menschheit. Wer schreibt, erinnert sich, und wer liest, hat an Erfahrungen teil. Bücher kann man wieder neu auflegen. Von Büchern gibt es schließlich Archivexemplare. Von Menschen nicht.

Hans Keilson: *Das Leben geht weiter.*
Nachwort zur Neuausgabe 2011

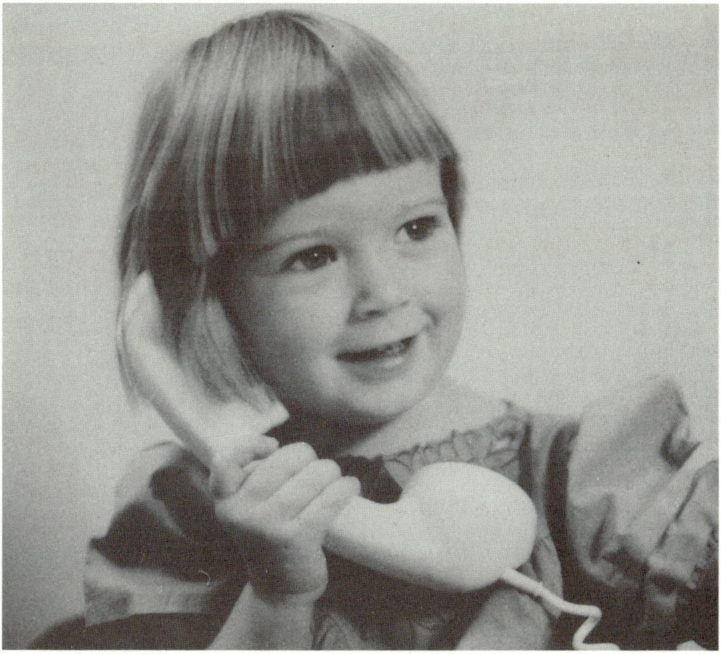

Prolog

Es war das Jahr, in dem sich in Tschernobyl eine radioaktive Wolke ausbreitete und die Welt in Angst und Schrecken versetzte. Weit entfernt von Sydney und doch so nah. Auch unsere Familie steuerte einer Kernschmelze entgegen. Wir wussten es nur noch nicht.

Zu Beginn des Jahres war noch alles gut. Wie jeden Abend kam Sophie frisch gebadet aus dem Badezimmer gerannt und lief in ihrem Pyjama mit den kleinen rosa Teddybären laut kreischend den Flur entlang auf ihr Kinderzimmer zu. Ich versuchte, sie einzufangen. Gerade als sie ihr Bett erreichte, hatte ich es geschafft.

»Ich hab dich«, rief ich und kitzelte sie am ganzen Körper. Sie schrie und quietschte vergnügt. Als Peters hochgewachsene Gestalt im Türrahmen auftauchte, gab ich ihr einen Kuss und sagte: »Sieh mal, da kommt schon dein Daddy. Schlaf schön.«

»Gute Nacht, Mami.«

»Was soll ich denn heute vorlesen?«, fragte Peter.

Sophies Antwort folgte prompt: *»Mr. Bell's Fixit Shop.«**

Lächelnd nahm Peter das gewünschte Buch vom Regal und setzte sich damit auf die Bettkante.

Sophie kletterte auf seinen Schoß und lehnte sich gegen

---

* Übersetzt: »Mr. Bells Reparaturladen« – Die Geschichte wird hier und auf den Seiten 20/21 in deutscher Sprache frei wiedergegeben nach: Ronne Peltzman (1981): *Mr. Bell's Fixit Shop*, Western Publishing Company, New York.

seine Brust. Zärtlich strich er ihr über das dichte Haar. Dann rückte er seine Brille zurecht und begann zu lesen. Sophie passte genau auf, dass er auch ja keine Fehler machte, denn sie kannte das Buch in- und auswendig. Jeden Satz und jede Illustration.

Es handelte von einem kleinen Mädchen und einem alten Mann mit Schnauzbart, Nickelbrille und Katze, der fast alles heil machen konnte: kaputte Schlösser, Uhren, Pfannen, Teller, Rollschuhe und vieles andere mehr. Auf dem Schild am Fenster seines Ladens stand:

Mr. Bell's Fixit Shop.
Ich mache alles heil,
außer gebrochene Herzen.

Unter das Schild hatte Mr. Bell ein rotes Herz mit einem Riss in der Mitte gemalt.

Jeden Tag nach der Schule kam das kleine Mädchen zu ihm in den Laden, um zu helfen. Eines Nachmittags fragte es, was denn ein gebrochenes Herz sei.

Mr. Bell antwortete: »Wenn du so traurig bist, dass du dir nicht vorstellen kannst, jemals wieder glücklich zu sein, dann weißt du, dass dein Herz gebrochen ist.«

1

Den 5. November 1986 werde ich nicht vergessen. Nie mehr. Mein ganzes Leben lang nicht. An diesem Tag erfuhren Peter und ich, dass unser Kind an Krebs erkrankt war. Mit zwei Jahren und sieben Monaten.

An Krebs.

Unsere kleine Sophie, unser Sonnenschein und ganzes Glück, sollte Krebs haben. Das konnte doch gar nicht sein. Aber es war so. Und die merkwürdigen Symptome, die uns seit vielen Wochen beunruhigten, hatten plötzlich einen Namen. Aber keinen, der dem Spuk ein Ende bereitet hätte. So, wie das der Fall ist, wenn man nach einem Arztbesuch mit einem Medikament nach Hause geschickt wird oder, im schlimmeren Fall, einer Operation ins Auge blicken muss. Wir hatten jetzt zwar einen Namen für Sophies Leiden. Aber er stand nicht für Hoffnung und Heilung, sondern für Angst, Ungewissheit und Tod.

Acht Monate zuvor hatte es noch keine Anzeichen für ein drohendes Unheil gegeben. Ich lebte seit knapp drei Jahren mit Peter in seiner Heimatstadt Sydney und nahm das familiäre Glück, das ich erlebte, als etwas Selbstverständliches hin, nicht als ein kostbares Gut, das nur auf der Durchreise war und mir einen kurzen Besuch abstattete.

Die Zeit seit meiner Einwanderung aus Deutschland war

schnell vergangen. Am 27. März hatten wir den zweiten Geburtstag unserer Tochter Sophie gefeiert. Noch heute sehe ich sie in ihrem weiß-rot gemusterten Kleidchen mit dem runden Kragen und den Puffärmeln vor mir stehen. Ihre schnurgeraden honigfarbenen Haare waren frisch gewaschen und so geschnitten, dass sie ihr ebenmäßiges Gesicht wie ein Bild einrahmten. Mit strahlend blauen Augen lächelte sie mich an.

»Hübsch siehst du aus«, sagte ich und strich ihr über die Wange. »Jetzt können die Gäste kommen.«

Da klingelte es auch schon, und Sophie sauste mit ihrem Daddy zur Haustür. Ich blickte den beiden hinterher. Peter war über ein Meter neunzig groß und sehr schlank. Sophie hatte seine Statur geerbt, genau wie Joanne, seine neunzehnjährige Tochter aus einer früheren Beziehung, die gerade eintraf und gratulierte. Als Nächstes kam Peters Mutter, Sophies Nana mit dem Silberhaar. Unsere Tochter ließ sich kurz umarmen, wandte sich dann aber gleich den kleinen Weggefährten aus der Spielgruppe zu, die in Begleitung ihrer Eltern eintrudelten. Alle hielten kleine Päckchen in den Händen.

»Geht schon mal in den Garten«, rief ich den Kindern zu, als das Gedränge an der Tür zu groß wurde. Die Kleinen stürmten los. Allen voran Sophie.

Die erwachsenen Gäste sahen sich interessiert in unserem neuen Haus um. Es war schon hundert Jahre alt und etwas ramponiert. Alles musste renoviert werden. Aber Peter versicherte unseren Freunden, dass das kein Problem sei. Er würde es richten. Wichtig sei die Lage im schönen Mosman, nur wenige Autominuten entfernt von mehreren weißen Stränden, dem Sydney Harbour Nationalpark, dem Zoo und der Fähre, die in fünfzehn Minuten direkt in die City fuhr.

Dem konnte keiner widersprechen, denn Mosman gehörte zweifelsohne zu den attraktivsten Stadtteilen Sydneys.

Unsere Besichtigungstour führte über die große rückwärtige Veranda in den Garten. Dort versuchte ein kleines Mädchen gerade, zwischen den Stühlen und den mit Getränken, Obst und Kuchen beladenen Tischen Dreirad zu fahren. Ein Junge ritt ein paar Meter davon entfernt auf einem Holzpferdchen, und dazwischen liefen mehrere kleine Menschenkinder herum und untersuchten das bereitliegende andere Spielzeug. Sophie war bestens gelaunt und bewegte sich munter zwischen ihren kleinen Freunden hin und her.

Als alle Gäste versammelt waren, nahm ich sie auf den Arm, und Peter zündete die beiden Kerzen auf der mit saftigen Erdbeeren garnierten Geburtstagstorte an.

Eine für jedes Lebensjahr.

Dann sangen alle:

»Happy birthday to you,
happy birthday, liebe Sophie,
happy birthday to you.«

Sophie guckte mit großen Augen in die Runde und lächelte in der ihr eigenen, etwas scheuen Art.

»Jetzt pusten«, rief Peter.

Sophie atmete tief ein, beugte sich vor und blies.

Die beiden Kerzen erloschen.

* * *

Viereinhalb Monate später wurde offenkundig, dass mit unserer Tochter etwas nicht stimmte.

Bis dahin war sie durchs Haus gerannt, auf ihren Hochstuhl geklettert, hatte Muscheln am Strand gesammelt und war so schnell ins Meer gelaufen, dass Peter und ich nur mit Mühe hinterherkamen. Manchmal sagte sie: »Diddle, Diddle, Mami«, und dann sollte ich *Hey Diddle, Diddle, die Katze und die Fidel* singen, während sie ihr Bett als Trampolin benutzte und im Rhythmus des Liedes auf und ab hüpfte. Höher und höher. Dabei passte ich mit ausgebreiteten Armen auf, dass sie nicht abrutschte und auf den Boden fiel. Manchmal ließ sie sich auch absichtlich von hoch oben mit Wucht und Wonne in meine Arme fallen und kreischte vergnügt. Und wenn ich zu singen aufhörte, rief sie: »Diddle, Diddle, Mami, weiter.«

Diese ausgelassenen Zeiten waren nun schlagartig vorbei.

Sophie wollte oder konnte nicht mehr laufen, rennen, hüpfen und klettern. Egal ob zu Hause, am Strand oder bei anderen Familien: Sie setzte sich da, wo sie sich gerade befand, hin – meist auf den Boden – und war durch nichts dazu zu bewegen, aufzustehen. Auch wenn ich versuchte, sie mit *Hey Diddle, Diddle* zu locken, hatte ich keinen Erfolg. Sie schüttelte den Kopf oder reagierte gar nicht auf solche Vorschläge. Manchmal beschäftigte sie sich eine Weile mit einem Buch oder Spielzeug, aber oft saß sie einfach nur unglücklich da.

Peter und ich sahen uns dieses merkwürdige Verhalten zwei Tage lang mit zunehmender Sorge an. Dann kontaktierte ich unsere Hausärztin, deren Praxis nur wenige Meter entfernt in der Canrobert Street lag. Wie in Australien üblich, redete ich sie mit ihrem Vornamen an. Shirley maß dem Problem jedoch keine größere Bedeutung bei.

»Machen Sie sich keine Sorgen«, sagte sie. »Es sind wahrscheinlich Hüftschmerzen. Sie können bei Kindern, auch zeitverzögert, nach Erkältungen auftreten und gehen dann wieder weg.«

Ich weiß nicht mehr, ob Sophie um diese Zeit herum erkältet war. Auf jeden Fall beruhigte uns die Diagnose nicht, und Peter und ich fuhren am folgenden Tag mit ihr in ein nahegelegenes Kinderkrankenhaus.

Wir mussten lange warten, bis wir an der Reihe waren, aber Sophie gelang es, die Zeit mit den mitgebrachten Büchern gut zu überbrücken.

Nach der Untersuchung sagte der Arzt, dass die Diagnose unserer Hausärztin vermutlich richtig war. Es könne sich jedoch auch um eine Knochenmarkentzündung handeln, aber die gehe mit Fieber einher. Ob unsere Tochter daran erkrankt sei, lasse sich nur mit einer Röntgenuntersuchung feststellen. Wir wollten erst einmal abwarten, ob sie Fieber bekommen würde, und entschieden uns dagegen.

Hungrig und durstig verließen wir das Krankenhaus und steuerten auf das nächstgelegene Café zu. Nachdem wir uns gestärkt hatten, erlebten wir eine Überraschung: Unser kleines Fräulein erhob sich von ihrem Stuhl und fing an, zwischen den Tischen nach der Radiomusik zu tanzen.

Peter und ich sahen uns überrascht an.

Wie war denn das möglich?

Tagelang hatte Sophie sich so gut wie gar nicht fortbewegen wollen, und jetzt war sie quietschfidel und hopste fröhlich vor sich hin. Da hatten wir mit dem Besuch der Notaufnahme aber ganz schön überreagiert. Erfreut sahen wir ihr beim Tanzen zu, und auch die Gäste am Nebentisch lächelten beim Anblick unserer ausgelassenen Tochter.

Das normale Leben hatte uns wieder.

Dachten wir.

Aber vier Wochen später, wir hatten inzwischen September, passierte etwas, das uns erneut in Unruhe versetzte. Es war ein schöner Frühlingstag. Peter hatte einen beruflichen Termin, und ich war für Sophies Betreuung zuständig. Nach dem Frühstück stellte ich die Waschmaschine an, machte die Betten und räumte ein bisschen auf. Dabei wuselte Sophie zur Musik einer ihrer Kassetten um mich herum. Laut schallte das Lied *Humpty Dumpty* durch alle Räume. Humpty Dumpty ist ein menschenähnliches rohes Ei mit einem Gesicht, Armen und Beinen, das in Australien jedes Kind kennt. Sophie summte und sang fröhlich mit, wie es erst auf einer Mauer saß und dann herunterfiel und zerbrach. Selbst mit allergrößtem Aufwand konnte es nicht wieder heil gemacht werden:

Humpty Dumpty sat on a wall,
Humpty Dumpty had a great fall,
all the king's horses and all the king's men,
couldn't put Humpty together again.

Ich legte die nasse Wäsche in einen Korb, um sie draußen aufzuhängen.

Sophie folgte mir auf die Veranda und die sechs Stufen hinunter in den Garten. Dort angekommen, lief sie über den Rasen zur Sandkiste und fing an, mit Kuchenförmchen, Eimer und Schaufel zu spielen.

Eine leise Brise wehte und ließ unsere T-Shirts, Hemden und Hosen auf der Leine im Wind tänzeln. Ich ging zur

Sandkiste, und Sophie stand auf, um mir entgegenzukommen. Und da sah ich sie, die Schwellung in der Leiste ihres linken Beines. Entsetzt beugte ich mich vor und ertastete einen etwa kirschgroßen harten Knoten. Was war denn das? Ich ließ alles stehen und liegen und eilte mit meinem Kind zu unserer Ärztin. Wir kamen sofort dran. Nachdem Shirley das Bein untersucht hatte, sagte sie: »Machen Sie sich keine Sorgen. Solche verdickten Lymphknoten können von kleinen Verletzungen kommen und verschwinden dann wieder.«

Diese Erklärung leuchtete mir ein, denn Sophie hatte sich in ihren neuen pinkfarbenen Clark-Sandalen gerade eine Blase am Fuß gelaufen. Und so ging ich mit einem Rezept für ein Antibiotikum erleichtert nach Hause.

Aber es trat keine Besserung ein.

Im Gegenteil. Morgens beim Aufwachen und abends vor dem Schlafengehen weinte Sophie jetzt bitterlich und ließ sich nur schwer beruhigen.

Aber das war noch nicht alles. Auch in der kirchlichen Eltern-Kind-Gruppe, die wir einmal wöchentlich besuchten, verhielt sie sich völlig anders als sonst. Sie setzte sich weit ab von den anderen Jungen und Mädchen an einen leeren Tisch und starrte düster vor sich hin. Besorgt ging ich zu ihr und fragte sie, was denn los sei, aber ich bekam keine erklärende Antwort.

»Komm doch mit zu den anderen Kindern«, forderte ich sie auf. Doch sie wollte nicht.

Erst als ich das von ihr so geliebte Singspiel »Ringel, Ringel, Rosen« anstimmte, schloss sie sich der Gruppe wieder an. Uns an den Händen haltend, tanzten wir singend im Kreis herum, und bei den Worten »alle Kinder setzen sich« hockten sich die Kleinen kreischend hin. Auch Sophie lachte.

Der Spuk schien vorüber.

Aber nicht für lange.

Zwei Wochen später waren wir mit langjährigen Freunden von Peter im nahegelegenen Park von Clifton Gardens zum Picknick verabredet. Es war eine ideale Örtlichkeit für Kinder, denn es gab dort eine große Rasenfläche, einen schönen Spielplatz und einen feinsandigen weißen Strand. Wir suchten uns ein schattiges Plätzchen unter einem der hohen Bäume und gingen davon aus, dass sich unsere in etwa gleichaltrigen Kinder gut amüsieren würden.

Aber sofort nach der Ankunft setzte sich Sophie wieder auf den Boden.

Die Sache wurde mir allmählich unheimlich.

Was hatte sie bloß?

Fragend sah ich Peter an. Er hatte volles Haar, große dunkelblaue Augen, eine kräftige Nase und einen eher kleinen Mund, der von einem getrimmten Vollbart umrandet wurde. Gerade wandte er sich unserer Tochter mit sorgenvoller Miene zu. »Was hast du denn, Kleines?«, fragte er und nahm sie auf den Arm. »Wollen wir mit dem Ball spielen?«

Sie schüttelte den Kopf.

Langsam ging er mit ihr Richtung Spielplatz, und ich erzählte unseren Freunden, dass Sophie vor einigen Wochen schon einmal Probleme beim Laufen hatte und wir deshalb mit ihr in einem Kinderkrankenhaus waren. »Aber die haben nichts gefunden. Und wisst ihr, was danach passiert ist? Wir sind in ein Café gegangen und dort hat sie nach der Radiomusik getanzt.«

Unsere Freunde guckten so ungläubig wie Peter und ich damals.

»Wir kamen uns richtig blöd vor und dachten, wir hätten mit unserem Besuch der Notaufnahme überreagiert. Aber da sie jetzt schon wieder nicht laufen kann, war das ja vielleicht doch nicht der Fall«, sagte ich und guckte besorgt in die Richtung, in die Peter mit Sophie verschwunden war.

Die beiden kamen schon zurück, und ich hörte Peter von Weitem rufen: »Es geht ihr nicht gut. Lass uns noch einmal ins Kinderkrankenhaus fahren. Die müssen etwas übersehen haben.«

Ich stimmte ihm zu. Irgendetwas war mit unserer Tochter nicht in Ordnung.

Aber was?

In Windeseile packten wir unsere Decken und anderen Utensilien zusammen und verabschiedeten uns von unseren Freunden.

Im Krankenhaus bekam Sophie ein weiteres Antibiotikum, und wir wurden mit den inzwischen vertrauten Worten »Machen Sie sich keine Sorgen« nach Hause geschickt.

Am nächsten Tag fand der Kontrolltermin bei unserer Hausärztin statt. Nach Sophies Tod würde sie uns erzählen, dass sie an diesem Tag zum ersten Mal an Krebs gedacht hatte. Aber das teilte sie uns damals nicht mit, sondern sie überwies uns an einen Kinderarzt. Auch Dr. White gab Entwarnung: »Die meisten Kinder haben irgendwann geschwollene Lymphknoten als Reaktion auf kleine Wunden. Sorgen muss man sich erst machen, wenn solche Schwellungen an verschiedenen Stellen des Körpers auftreten.«

So viele Ärzte konnten doch nicht irren.

Alles war gut.

***

Mitte Oktober flogen wir in bester Stimmung nach Byron Bay, einem knapp achthundert Kilometer nördlich von Sydney gelegenen Badeort. Die Gegend ist für ihren entspannten, alternativen Lebensstil, ihre bunten Märkte, wunderschönen Surfstrände und subtropischen Regenwälder bekannt.

Am Flughafen wartete ein Mietauto auf uns. Es sah aus wie ein quietschgelber Kanarienvogel. In der Ferienanlage angekommen, freuten wir uns über das geräumige Apartment und über ein großes, blau schimmerndes Schwimmbecken. Nachdem wir unsere Sachen eingeräumt hatten, erkundeten wir den Spielplatz, und Sophie probierte gleich begeistert die Schaukel aus.

Wir würden einen schönen Urlaub haben.

Abends las Peter Sophie wieder ihr Lieblingsbuch vor. Das von dem kleinen Mädchen und Mr. Bell, der alles reparieren konnte, nur keine gebrochenen Herzen. Eines Tages war das Mädchen tieftraurig. Der Welpe der Oma hatte ihre geliebte Puppe kaputtgebissen.

»Weine nicht«, sagte Mr. Bell, »ich werde sie wieder heil machen, und sie wird aussehen wie neu.«

»Wirklich?«

»Ich verspreche es dir.«

Das Mädchen ging nach Hause, und Mr. Bell machte sich sofort an die Arbeit. Wie gut, dass er in seiner Werkstatt so viele Dinge aufbewahrt hatte. Aus einem alten Baseballschläger schnitzte er einen neuen Arm und ein neues Bein, aus den Fransen eines Lampenschirms fertigte er hübsche gelbe Haare und aus Stoffresten ein kariertes Kleid und blaue Schuhe. Zum Schluss malte er der Puppe noch ein Lächeln ins Gesicht. Dann ging er zufrieden nach Hause.

Als er am nächsten Morgen in seinen Laden zurückkehrte, wartete das Mädchen schon auf ihn.

»Hast du sie heil gemacht?«

»Sieh selbst.«

»Oh, Mr. Bell, sie ist ja wunderschön geworden«, rief das Mädchen und fiel ihm um den Hals.

Später, beim gemeinsamen Fensterputzen, sagte es, dass er jetzt aber auch das Schild an seinem Laden ändern sollte.

»Wieso denn das?«

»Da steht, dass du keine gebrochenen Herzen heil machen kannst. Aber das stimmt nicht. Denn als du meine Puppe repariert hast, hast du auch mein Herz heil gemacht.«

Danach sah Mr. Bells Schild ein bisschen anders aus. Der Riss im Herzen war mit einem Pflaster zugeklebt und darüber stand:

Mr. Bell's Fixit Shop.
Ich mache alles heil,
sogar gebrochene Herzen.

Sophie zeigte auf das reparierte Herz: »Da.«

»Ja, alles ist wieder gut«, sagte Peter und klappte das Buch zu.

Sophie schmiegte sich noch einmal kurz in seine Arme und hüpfte in ihr Bett. Die Augenlider fielen ihr schon fast zu.

»Gute Nacht, Daddy.«

»Gute Nacht, Kleines. Träum was Schönes.«

Sophies kleine Welt war sicher.

Was sollte schon passieren?

Unsere Urlaubstage flossen dahin wie ein geruhsamer Fluss, der sich durch eine liebliche Landschaft schlängelt. Wir besuchten die herrlichen Surfstrände der Umgebung, schlenderten über die farbenfrohen Märkte und besuchten den weißen Leuchtturm auf der Landzunge Cape Byron, die von Captain Cook nach seinem Marineoffizier James Byron benannt worden war.

Eines Nachmittags wanderten wir durch einen Regenwald. Dort war es wegen der riesigen Bäume und üppigen Vegetation dunkel und unheimlich. Aber an meiner Hand war das für Sophie kein Problem, und wir sangen: »Hänsel und Gretel verliefen sich im Wald.«

Auf dem Rückweg sahen wir, dass am Wegesrand ein Zirkuszelt aufgebaut wurde. Und so erlebte unsere Tochter am nächsten Nachmittag ihren ersten Zirkusbesuch.

Es sollte auch ihr letzter sein.

Kurz vor Beginn der Vorstellung setzte sich ein dicker Mann mit einer großen Popcorntüte neben sie und fing an, geräuschvoll daraus zu essen. Knack, knack. Dann öffnete sich der Vorhang, und der Zirkusdirektor begrüßte die Gäste. Aber Sophie beachtete ihn nicht, sondern war mit dem Popcornmann beschäftigt. Ich konnte ihr Verlangen, auch einmal in die Tüte zu greifen, fast körperlich spüren. Sie sagte jedoch nichts, guckte den Mann nur schweigend an. Er knackte weiter. Schließlich hielt ich es nicht mehr aus und fragte ihn flüsternd, ob Sophie ein bisschen probieren dürfe. Widerwillig hielt er ihr die Tüte hin. Sie nahm ein winziges Stückchen heraus, steckte es sich in den Mund und guckte wieder sehnsüchtig zu ihm hinüber. Der Mann tat weiterhin, als bemerkte er das nicht. Was für ein Ignorierungskünstler, dachte ich, er könnte glatt hier auftreten. Ich stand auf, drängte mich an den anderen Besuchern vorbei bis ans Ende der Reihe und suchte draußen nach dem Popcornstand. Da war er ja. Ohne Kundschaft zwar, aber noch geöffnet.

Wie Sophie sich über die Tüte gefreut hat! Ich habe nach ihrem Tod des Öfteren an diese Szene denken müssen und mich gefragt, warum sie mir so viel bedeutet. Vielleicht, weil ich ihr ermöglicht hatte, Popcorn zu essen? Es gab so viele Dinge, die sie nicht hat erleben dürfen, aber Popcornessen gehörte nicht dazu.

Später in der Pause wurde Ponyreiten angeboten, und unser kleines Mädchen saß ganz andächtig auf einem dieser Pferdchen und konzentrierte sich mit ernstem Gesicht auf diese neue Herausforderung.

Am nächsten Tag besuchten wir alte Freunde von Peter, die etwas außerhalb von Byron Bay auf einer Farm lebten. Auf dem Weg zu ihnen erfuhr ich, dass die beiden ihr nur wenige Monate altes einziges Kind durch einen tragischen Unfall verloren hatten. Ich fühlte mich unsicher bei dem Gedanken, ihnen gleich begegnen zu müssen. Wie würde es für sie sein, Sophie zu sehen? Den ganzen Tag über verließ mich mein unbehagliches Gefühl nicht. Als wir einen Spaziergang über die Farm machten, kletterte unsere Tochter auf einen ausrangierten Trecker und setzte sich strahlend ans Steuer. Dabei stellte ich mir vor, wie schmerzhaft es für Peters Freunde sein musste, daran erinnert zu werden, dass ihr Kind dort niemals sitzen und Spaß haben würde.

Ich ahnte nicht, dass Peter und ich das Paar nur wenige Monate später in Sydney wiedersehen würden. An einem grauen Nachmittag würden wir im Familienzimmer unseres Hauses sitzen, uns an den Händen halten und schweigend unserer toten Kinder gedenken.

***

Jeden Morgen nach dem Frühstück gingen Sophie und ich in den Swimmingpool unserer Ferienanlage. Auf dem Weg dorthin wollte sie mich immer anfassen.

»Was ist denn los mit dir?«, fragte ich etwas unwirsch, da ich unsere Badesachen trug und keine Hand frei hatte. »Du kannst doch allein gehen.«

Nein, konnte sie – aus mir unerklärlichen Gründen – anscheinend nicht.

Dies war ein weiteres Zeichen dafür, dass etwas nicht stimmte, aber ich maß dem damals noch keine Bedeutung bei, da es ihr gut zu gehen schien.

Bei einem unserer Poolbesuche passierte etwas Eigenartiges. Sophie paddelte gerade vergnügt in ihren orangefarbenen Schwimmflügeln und dem blauen Plastikreifen mit dem Entenkopf herum. Ich entfernte mich ein paar Meter von ihr und schwamm dann wieder direkt auf sie zu. Plötzlich überfiel mich ein furchterregender Gedanke: Was wäre, wenn Sophie eine tödliche Krankheit hätte?

Ich blickte sie an und dachte: Jetzt sieht sie noch aus wie die anderen Kinder hier und plantscht fröhlich im Wasser herum. Aber vielleicht ist sie ja unheilbar krank, und dies sind ihre letzten schönen Stunden.

Welch beängstigende Vorstellung. Vehement versuchte ich, sie abzuschütteln.

Was für unsinnige Ideen man manchmal hat.

Genau in diesem Moment sah ich die Beule an ihrem rechten Schulterblatt.

Oh nein.

Ich packte mein Kind, rannte mit ihm die Treppe hinauf in unser Apartment und stürzte auf Peter zu. Er blätterte gerade in einer Zeitung.

»Wir müssen den Kinderarzt anrufen«, rief ich. »Sieh mal, Sophie hat jetzt auch eine Schwellung am Schulterblatt.«

Wie spät war es? Zehn Uhr. Peter griff zum Telefonhörer.

Aber auch dieses Mal beruhigte uns Dr. White: »Machen Sie sich keine Sorgen. Es wird eine Art Infektion sein und wieder weggehen.«

Ein paar Tage später entdeckten wir eine weitere Beule, diesmal an der linken Schulter. Dr. White erkundigte sich nach Sophies Appetit und fragte, ob sie Fieber habe.

»Sie isst sehr gut«, antwortete Peter, denn unsere Tochter hatte noch am Abend zuvor einen großen Teller von dem leckeren asiatischen Gericht gegessen, das er gekocht hatte. »Und Fieber hat sie auch nicht.«

»Machen Sie sich keine Sorgen.«

Wir wollten ihm so gern glauben!

Aber hatte er nicht bei unserem ersten Treffen gesagt, dass man sich Sorgen machen muss, wenn an mehreren Stellen des Körpers Schwellungen auftreten würden?

Der Himmel war plötzlich nicht mehr so blau wie vorher. Die Strände nicht mehr so weiß. Ein graues Netz zog sich über uns zusammen.

Kurz vor Ende unseres zweiwöchigen Urlaubs war Sophies ganzer Unterschenkel geschwollen. Alarmiert riefen wir wieder Dr. White an und fragten, ob wir vorzeitig nach Hause fliegen sollten.

»Nein, das ist nicht nötig. Aber kommen Sie gleich nach Ihrer Rückkehr zu mir. Ich bin Belegarzt im Royal North Shore Hospital und möchte sie dort sehen.«

Wir sollten nicht in seine Praxis kommen, sondern zu ihm ins Krankenhaus.

Und zwar sofort nach unserem Rückflug, eineinhalb Stunden nach der Landung.

Das klang ganz und gar nicht mehr beruhigend.

Ich weiß nicht mehr, wie Peter und ich die letzten Urlaubstage herumbekommen haben. Wir müssen morgens aufgestanden und abends ins Bett gegangen sein, und dazwischen haben wir sicher Mahlzeiten eingenommen und Sophie versorgt. Aber ich erinnere nur eins:

Angst.

Eine furchtbare Angst, gepaart mit der Hoffnung, dass dies alles nur ein Albtraum war, aus dem wir bald erwachen würden.

Und da uns nur Dr. White daraus befreien konnte, war ich froh, als das Treffen bei ihm heranrückte. Aber wir mussten es kurzfristig absagen, denn unser Rückflug von Byron Bay hatte Verspätung, und wir würden erst abends zurück in Sydney sein.

Auch das noch.

Aber Dr. White bot uns freundlicherweise einen Ersatztermin am folgenden Tag an. Und das, obwohl es ein Samstag war.

Eine weitere Nacht schrecklicher Ungewissheit stand uns bevor.

Am nächsten Morgen, dem 1. November, stiegen Peter und ich mit Sophie ins Auto, um zum Royal North Shore Hospital nach St. Leonards zu fahren. Zwanzig Minuten später betraten wir den dunklen Backsteinbau des Universitätskrankenhauses und fragten uns mit einem beklemmenden Gefühl zu den Räumen von Dr. White durch.

Wir kamen sofort dran. Dr. White untersuchte Sophie und bat mich dann, mit ihr den Gang entlangzugehen.

Ich nahm sie an die Hand, und sie lief schwerfällig neben mir den Flur auf und ab. Dr. White folgte uns mit den Augen und sagte nach einer Weile, so als sei es das Normalste der Welt: »Wir müssen eine Biopsie machen.«

Dann setzte er sich hinter seinen Schreibtisch, fing an, irgendwelche Zettel auszufüllen, und erklärte, wo wir uns dazu am Montag einfinden sollten.

Ich sah, wie sich sein Mund bewegte, konnte aber nicht begreifen, was er sagte. Meine Gedanken rasten. Wieso Biopsie? Die machte man doch bei Krebsverdacht.

Aber Sophie hatte doch keinen Krebs.

Völlig außer mir fragte ich nach, verzweifelt auf eine beruhigende Antwort hoffend.

»Ich weiß, was Sie von mir hören wollen. Aber das kann ich Ihnen nicht sagen. Alles ist möglich.«

Dann stand er abrupt auf, verabschiedete sich zügig und ging mit seiner Aktentasche unter dem Arm davon. Peter und ich guckten uns verständnislos an. Ich ließ Sophie bei ihm zurück und lief hinterher.

»Dr. White!«

Er reagierte nicht.

Um weiter mit ihm zu reden, folgte ich ihm die Treppe hinunter, holte ihn aber nicht ein, denn er ging sehr schnell. Rannte fast. Auf dem Parkplatz angekommen, stieg er in sein Auto und fuhr davon, ohne sich noch einmal nach mir umzudrehen. Fassungslos starrte ich ihm so lange hinterher, bis sein Auto hinter der Kurve verschwunden war.

Ganz aufgeregt kehrte ich zu Peter und Sophie zurück. Im selben Moment kam eine junge Frau auf uns zu und stellte sich als Sozialarbeiterin vor.

»Vielleicht würde es Ihnen helfen, mit mir über Ihre Gefühle zu sprechen.«

»Wir brauchen niemanden, der mit uns über unsere Gefühle redet«, erklärte ich abweisend. »Wir brauchen jemanden, der uns erklärt, was mit unserem Kind los ist. Los sein könnte. Und derjenige, der dazu in der Lage wäre, hat gerade die Flucht ergriffen und uns hier sitzenlassen.«

Das Versprechen

Noch an der Nabelschnur wurde mir Sophie auf den Bauch gelegt. Es war der 27. März 1984, nachts um 1.51 Uhr. Ihre Ärmchen und Beinchen zuckten und zappelten unkontrolliert umher, und ihr kleines Gesicht war ein einziger Schrei. Während mir die Tränen die Wangen herunterliefen, versuchte ich vorsichtig, sie zu halten und zu beruhigen. Aber sie entglitt mir immer wieder, weil sie so glitschig war.

In ein weißes Tuch gehüllt, lag sie wenig später gewogen und gewaschen in meinen Armen.

Meine Tochter.

Ihr Haar war dunkel und dicht, ihr Gesicht von der Anstrengung rot. Aber sie weinte nicht mehr.

Guckte ernst.

Weise.

Ich legte sie an, und sie wusste genau, was sie an meiner Brust zu tun hatte. So als hätte ihr das gerade jemand ins Ohr geflüstert. Ihr erstes leichtes Saugen, dieses süße Ziehen und diese übergroße Liebe, die mich dabei überflutete, spüre ich bis heute. Und die himmlische Ruhe und Verbundenheit, die beim Trinken zwischen uns entstand, auch.

Natürlich war mir bekannt, dass Babys hilflos sind und Eltern brauchen, die für sie da sind. Jeder weiß das. Aber was nach der Geburt mit mir geschah, ging weit über eine Bestätigung dieses Wissens hinaus. Ich wurde überwältigt von einer mein ganzes

Sein umfassenden Erfahrung und Erkenntnis, dass dieses kleine Wesen ganz und gar auf mich angewiesen war und für lange Zeit bleiben würde. Ich nahm es fest in meine Arme und gab ihm das innere Versprechen, es zu beschützen und Unheil von ihm abzuwenden, für es da zu sein und ihm zu helfen, zu einem gesunden und zufriedenen Menschen heranzuwachsen.

2

Bislang war die Endlichkeit des Lebens ein Thema gewesen, das irgendwann einmal für uns von Bedeutung sein würde. Aber doch nicht jetzt.

Nicht jetzt, dreieinhalb Jahre nachdem ich nach langer Fernbeziehung von Deutschland nach Sydney ausgewandert war, um hier mit meinem australischen Partner zu leben und eine Familie zu gründen. Nicht jetzt, wo wir ein süßes kleines Kind hatten, dessen Leben noch vor ihm lag. Nicht jetzt, wo wir gerade ein hundertjähriges Haus mit einem Orangenbaum gekauft hatten, in dem es spielen und in engem Kontakt zur Natur aufwachsen konnte.

Auf keinen Fall jetzt.

»Ich habe solche Angst«, sagte ich.

»Ich auch«, antwortete Peter. »Aber vielleicht hat sie ja gar keinen Krebs.«

»Und wenn doch?«

Auf der einen Seite war der Gedanke, unsere Tochter könne an Krebs erkrankt sein, so unvorstellbar, dass wir ihn für unwahrscheinlich hielten. Auf der anderen Seite ließ sich diese Möglichkeit nicht einfach ignorieren. Wir drehten uns im Kreis und wünschten den Tag der Biopsie herbei, um endlich Klarheit zu bekommen. Hoffentlich würde der Spuk dann ein Ende haben. Irgendwie überwog das Gefühl, dass doch noch alles gut werden würde. Jedenfalls bei mir. Aber dann sah ich

Dr. White vor mir, wie er fluchtartig den Raum verließ. Das konnte doch nichts Gutes bedeuten. Wusste er mehr, als er sagte? Bitte, bitte nicht. Eine abgrundtiefe Angst kroch durch meine Glieder und ließ sich in jeder einzelnen Zelle nieder.

Endlich kam der sowohl gefürchtete als auch ersehnte Montag, und unsere kleine Familie fuhr wieder den Pacific Highway entlang ins Royal North Shore Hospital. Vor zweieinhalb Jahren hatte ich dort den glücklichsten Tag meines Lebens verbracht. Den von Sophies Geburt. In der ersten Nacht war sie hungrig aufgewacht und hatte wild an ihren übereinandergeschlagenen Händchen gelutscht, um sich selbst zu beruhigen. Es war ein zutiefst befriedigendes Gefühl gewesen, sie anzulegen und zu sehen, wie sie intensiv saugte und dabei in meinen Armen ganz ruhig und schwer wurde und schließlich, mit einem Ausdruck, als wäre sie im siebten Himmel angekommen, einschlief.

Wie einfach es damals gewesen war, ihr zu helfen.

Im Wartebereich der Kinderabteilung war es voll und laut. Einige Kinder spielten, andere klammerten sich an ihre Eltern und weinten. Draußen erklang das Tatütata eines Rettungswagens. Sophie war guter Dinge und betrachtete das Treiben um sich herum mit großen Augen. Erst sah sie sich ein Buch an, dann räumte sie zusammen mit einem kleinen Mädchen eine Spielkiste aus. Peter und ich kamen mit anderen Eltern ins Gespräch. Ein Kind sollte Röhrchen ins Mittelohr eingesetzt bekommen. Bei einem dunkelhaarigen Jungen stand eine Beschneidung an.

Bei keinem von ihnen schien es um Leben und Tod zu gehen.

Eine Schwester holte Sophie zur Biopsie ab.

Wir folgten ihr. Als wir die Schleuse erreichten, die den Operationsbereich vom übrigen Krankenhausbetrieb trennte, sollten wir uns verabschieden.

»Eltern dürfen da nicht rein.«

»Aber das geht doch nicht«, stammelte ich. »Dafür ist sie noch viel zu klein.«

Verzweifelt erklärte ich, dass es Sophie ängstigen würde, wenn wir sie in dieser unbekannten Situation alleinließen und wildfremden Menschen übergäben. Peter oder ich müssten bei ihr bleiben, bis das Beruhigungsmittel oder die Narkose wirkten und sie einschlafe.

»Das dürfen wir nicht. Wenn Sie darauf bestehen, können wir Ihrem Kind keine Gewebeprobe entnehmen, und Sie müssen mit ihm nach Hause gehen.«

Viele Jahre nach Sophies Tod fragte ich einen befreundeten Chirurgen, wie dies damals in Deutschland gehandhabt worden sei. Er sagte, dass es auch hier strenge Abriegelungsvorschriften gegeben hat. Aber Krankenhäuser konnten selbst entscheiden, ob sie Eltern gestatteten, ihre Kinder in den Operationsbereich zu begleiten. Wichtig war, die vorgegebenen Sterilitätsvorschriften einzuhalten.

Es half alles nichts, wir mussten uns den Regeln des Royal North Shore Hospitals beugen.

Peter hielt Sophie noch eine Weile fest im Arm und erklärte ihr, was geschehen werde, auch wenn sie es wohl nicht verstand. Schließlich übergab er sie der Schwester. Die legte sie in ein Kinderbett und schob sie durch die Schleuse den Gang entlang zum Operationsbereich. Sophie stand sofort auf und schrie. Mit Tränen in den Augen sahen wir ihr hinterher. Je weiter sie sich entfernte, desto leiser hörten wir ihr Weinen.

Dann begann das Warten.

Später am Tag kam ein Mann im weißen Kittel auf Peter und mich zu. Es war der Arzt, der die Biopsie durchgeführt hatte. Wir kannten ihn nicht. Er sagte, das Gewebe sehe nach einer Infektion aus, aber er sei sich nicht sicher. Erst die Laborergebnisse würden Gewissheit bringen.

Es gab Hoffnung.

Als Sophie aus der Narkose erwachte, saßen wir an ihrem Bett. Sie schien uns nicht böse zu sein, dass wir sie alleingelassen hatten.

Sie sollte jedoch noch eine Nacht zur Beobachtung im Krankenhaus verbringen.

Ohne uns.

»Ausgeschlossen«, sagte ich. »Einer von uns muss bei ihr bleiben.«

Aber es stand kein Eltern-Kind-Zimmer zur Verfügung. Nach längerem Disput kam uns das Krankenhauspersonal jedoch entgegen und bot an, zwei Betten in einen der Behandlungsräume zu schieben, die über Nacht nicht gebraucht würden. Und so schliefen Sophie und ich in einem Zimmer mit bunten Bällen, Matten und anderen Utensilien. Aber wir waren zusammen, und nur das zählte. Am nächsten Morgen holte Peter uns ab. Das Ergebnis der Biopsie würde erst am folgenden Tag vorliegen.

Langsam fuhren wir zurück nach Mosman. Wie hatten wir uns ein dreiviertel Jahr zuvor gefreut, ein erschwingliches Haus in einem so schönen Stadtteil bekommen zu haben. Jetzt schien das alles bedeutungslos zu sein. Was zählten weiße

Strände, ein Nationalpark, ein Zoo und eine Fähre, wenn unser Kind Krebs haben und daran sterben würde?

Von der Haupteinkaufsstraße bogen wir in die Avenue Road ein. Dann links in unsere mit alten Eukalyptusbäumen gesäumte Wohnstraße. Peter schloss mit Sophie auf dem Arm die Haustür auf. Die alten, schwarz gebeizten Fußleisten und Türrahmen sprangen mir ins Gesicht. Sie sahen nicht mehr nur renovierungsbedürftig aus, sondern erschienen mir plötzlich wie die Ränder einer Trauerkarte. Ich dachte an das Bild des australischen Malers, welches wir meinen Eltern vor wenigen Monaten zum vierzigsten Hochzeitstag geschenkt hatten. Es zeigte eine kahle Landschaft nach einem Buschfeuer.

Alles niedergebrannt und zerstört.

Unheimlich, dass wir gerade dieses Bild ausgesucht hatten.

An den Wohn- und Schlafräumen vorbei gingen wir den Flur entlang in den hinteren Teil des Hauses. Dort hatte Peter eine Wand herausgerissen und ein schönes Familienzimmer mit einer Holzküche und einem geräumigen Essbereich eingebaut. Während er Tee kochte und Sophie ein Glas Apfelsaft eingoss, packte ich die Krankenhaustasche aus. Dann setzten wir uns auf die sonnengeschützte hintere Veranda.

Wie sollten Peter und ich bloß die vierundzwanzig Stunden herumbekommen, die wir auf das Ergebnis der Biopsie warten mussten?

Der Zeiger der Uhr schien sich kaum vorwärtszubewegen. Nie hatte ich so deutlich gespürt, aus wie vielen Sekunden, Minuten und Stunden ein Tag besteht.

Ich hätte so gern meine Mutter in Deutschland angerufen, ließ es aber. Meine Eltern würden in wenigen Wochen sowieso zu Besuch kommen, und wie hätten sie mir in einem Telefonat, das damals noch fast zehn D-Mark pro Minute kostete, helfen können? Es wäre bestimmt sehr unbefriedigend für uns alle gewesen. Ich hätte sie sehr beunruhigt und mich nach dem Gespräch auch nicht besser gefühlt, denn es gab ja nichts, was mein Befinden bessern konnte.

Nichts, außer einem guten Testergebnis.

Aber das Bedürfnis, mich bei meiner Mutter auszuweinen, blieb. Ich sah sie vor mir. Ihre hochgewachsene, schlanke Gestalt, ihr sandfarbenes, dauergewelltes Haar und ihr empfindsames, oft leicht gerötetes Gesicht, in dem man lesen konnte wie in einem offenen Buch: Freude, Traurigkeit, Rührung, Enttäuschung, alles stand da in Reinform geschrieben. Sie konnte sich nicht verstellen. Es war, als fehlte ihr der Vorhang, den Menschen üblicherweise haben und ganz oder teilweise zuziehen, wenn andere nicht erfahren sollen, was in ihnen vorgeht. Könnte sie mich jetzt sehen, ihr Gesicht würde nur aus Entsetzen und Mitleid bestehen.

Wie ich mich nach ihrer Anteilnahme sehnte. Aber sie war weit weg. Am anderen Ende der Welt. Ich nahm mir jedoch vor, sie sofort anzurufen, wenn wir erfuhren, dass Sophie nicht an Krebs erkrankt war. Sophie konnte doch gar keinen Krebs haben. Das war alles nur ein großer Albtraum. Ein kurzes Telefonat mit dem Krankenhaus, und alles würde wieder gut sein.

Ganz sicher.

Oder etwa nicht?

Mir kam ein Artikel über Krebs bei Säuglingen und Kleinkindern in den Sinn, den ich kürzlich in einer meiner psychologischen Fachzeitschriften gesehen hatte. Vorher war mir gar nicht bekannt gewesen, dass Kinder in diesem Alter schon Krebs haben können. Ungelesen hatte ich ihn beiseite gelegt.

Aus Furcht. Vielleicht war diese Krankheit bei kleinen Kindern ja gar nicht so selten und Sophie doch daran erkrankt, dachte ich plötzlich.

Oh nein, bitte nicht.

Aber an wen ich diese Bitte richtete, wusste ich nicht, da ich nicht an eine göttliche Macht glaubte, die helfend eingreifen könnte.

Leider.

Wie oft hatte ich mir schon gewünscht, dass das anders wäre. In der jetzigen Situation wäre es sicher hilfreich gewesen, wenn ich mich an eine höhere Instanz hätte wenden und für unsere Familie um Beistand bitten können. Aber auch so flehte alles in mir einen unbekannten Adressaten an: Bitte lass Sophie keinen Krebs haben. Sie ist doch noch so klein, und ihr Leben hat gerade erst begonnen. Nimm es ihr nicht weg. Lass sie leben.

Bitte.

So warteten und hofften Peter und ich auf eine erlösende Nachricht aus der Klinik. Danach würde ich meine Mutter anrufen und sagen: Stell dir vor, es bestand der Verdacht, dass Sophie Krebs hat. Wir haben solche Angst gehabt und mussten mehrere Tage auf das Ergebnis der Biopsie warten. Aber nun ist alles gut. Peter hat eben mit dem Arzt gesprochen: Es ist kein Krebs.

Und dann würde ich vor Erleichterung weinen, und meine Mutter würde mich trösten.

Aber so kam es nicht.

Am Mittwoch, dem 5. November, gegen 14 Uhr, war es endlich so weit. Die Laborergebnisse waren abrufbereit. Ein letzter Blick auf die Uhr, und Peter ging zum Telefon. Ich setzte mich derweil mit Sophie im Kinderzimmer auf den Boden, und wir bauten die kleine Brio-Holzeisenbahn auf. Angestrengt lauschte ich Peters Worten und hoffte auf ein schnelles Signal, dass alles in Ordnung war.

Ich hörte ihn etwas fragen.

Stille.

Er fragte wieder.

Lange Stille.

Noch eine Frage.

Mein Herz pochte ganz laut.

Schließlich hörte ich ihn sagen: »Ja, wir werden pünktlich um neun Uhr da sein.«

Oh nein!

Alarmiert stand ich auf und stürzte ins Wohnzimmer. Dort saß mein großer starker Peter auf dem Stuhl und starrte vor sich hin. Nach Worten ringend sagte er schließlich mit stockender Stimme: »Sie haben Krebszellen gefunden. Wir sollen morgen für weitere Untersuchungen in die Krebsabteilung des Royal Alexandra Kinderkrankenhauses zu einem Dr. Dawson kommen.«

***

Ungläubig sahen Peter und ich uns an.

Sprachlos.

Da kam Sophie ins Wohnzimmer gelaufen.

»Weiterspielen.«

»Ja, ich komme«, erwiderte ich und begleitete sie schwerfällig in ihr Zimmer zurück. Während wir auf dem Boden saßen und die kleine Holzeisenbahn im Kreis fahren ließen, dachte ich: Das kann gar nicht sein. Sie sieht doch ganz gesund aus. Dann überlegte ich jedoch, wann es wohl das erste Mal passiert sein mochte. Wann genau war der Moment gewesen, an dem Sophies Körper seine Abwehrfunktion gegenüber einer bösartigen Zelle nicht mehr wahrgenommen hatte? Nicht mehr wahrnehmen konnte.

Die Ärzte sagten später, dass die Krankheit wohl drei Monate zuvor ausgebrochen war. Also Anfang August. War es morgens beim Frühstück gewesen, als Sophie auf ihrem roten Hochstuhl saß? Oder später beim Einkaufen? In der Spielgruppe? Hatten wir vielleicht gerade gelacht, als das Unheil seinen Lauf nahm? War ich dabei gewesen, oder hatte ich mich in dem Moment an meinem Arbeitsplatz mit der Wirksamkeit von Interventionsprogrammen für an Diabetes erkrankte Patienten beschäftigt? War es an einem Abend gewesen oder gar nachts, während wir ahnungslos in unseren Betten lagen und schliefen?

Ich werde es niemals erfahren. Aber wie unheimlich, etwas so Wichtiges nicht bemerkt und sich noch wochen- und monatelang in Sicherheit gewiegt zu haben.

Nun kannten Peter und ich die schreckliche Diagnose, fanden aber keine Gelegenheit, uns näher damit zu beschäftigen, da Sophie unsere ganze Aufmerksamkeit einforderte. Obwohl wir uns bemühten, sie unsere Ängste und Sorgen nicht spüren zu lassen, bemerkte sie vermutlich dennoch den großen Schatten, der sich auf unser Haus gelegt hatte, denn sie war besonders anhänglich.

Schließlich hielt ich es nicht mehr aus.

»Ich fahr kurz zur Post und hol den Bollerwagen ab, den meine Eltern für Sophie geschickt haben«, rief ich Peter zu und rannte zum Auto. Schwer ließ ich mich in den Fahrersitz fallen und konnte endlich weinen.

Nachdem ich das Paket in Empfang genommen hatte, graute mir davor, den Heimweg anzutreten und unserer Tochter gegenüber wieder so zu tun, als wäre nichts geschehen. Wie gern würde ich mit jemandem über das, was uns widerfahren war, sprechen.

Ich musste nicht lange überlegen, mit wem. Mein Auto fuhr fast wie von selbst zu meiner Freundin Cathy nach Neutral Bay. Aber niemand öffnete die Tür. In ihrer Bäckerei war sie auch nicht. Ich traf dort jedoch ihren Mann an. Nachdem ich ihm von Sophies Krankheit erzählt hatte, ließ er alles stehen und liegen und begleitete mich zu seinem Haus zurück.

»Sie muss jeden Moment hier sein«, sagte er, und so war es auch.

Cathy trug wieder eines der farbenfrohen Sommerkleider ihres englischen Designerfreundes, als sie mit ihrem kleinen Sohn hereingesegelt kam. Sie sah mich mit ihren runden, immer ein bisschen besorgt wirkenden Augen prüfend an und reagierte sofort.

»Pass auf Keith auf«, sagte sie zu ihrem Mann und schob mich ins Wohnzimmer.

»Was ist los?«

Ich sank auf das vor dem Fenster stehende Sofa und schrie meine aufgestaute Angst und Qual in ein dort liegendes großes Kissen hinein.

»Sophie hat Krebs«, stieß ich schließlich hervor, und erzählte ihr die ganze schreckliche Geschichte, immer wieder von heftigem Weinen unterbrochen.

Cathy hörte mir zu.

Lange.

Irgendwann sagte sie: »Ich kann das gar nicht glauben.«

»Aber es ist so. Es ist so«, rief ich. »Die Ergebnisse haben es gezeigt. Sie hat Krebs. Unser kleines Mädchen hat Krebs.«

Etwa eine Stunde nach meiner Ankunft klingelte Cathys Telefon.

»Ja, sie ist hier«, hörte ich sie sagen.

Es war Peter, der sich Sorgen um mich machte.

Ausgebrannt und erschöpft fuhr ich nach Hause zurück.

Dort angekommen, begann ich, wieder mit Sophie zu spielen, schaute aber alle paar Minuten auf die Uhr. Der Tag nahm kein Ende. Um uns ein bisschen abzulenken, fuhren wir drei am frühen Abend hinunter nach Balmoral Beach, dem Strand mit der kleinen weißen Rotunda, der nach dem schottischen Landsitz der englischen Königin benannt war. Mehrmals die Woche hatte Sophie hier im weißen Sand gebuddelt, im Wasser geplantscht oder auf dem Spielplatz geturnt. Manchmal waren wir die kleine Brücke zur winzigen Insel Rocky Point Island hinübergelaufen. Oft hatten wir uns auch in der Parkanlage des Strandes mit unserer Spielgruppe getroffen.

Auf einem der Picknicktische packten wir unser Hühnchen und die Salate aus, die wir zuvor beim Imbiss gekauft hatten. Aber nichts schmeckte. Alles war freudlos. Obwohl uns dieser Ort so vertraut war, fühlte er sich heute anders an. Wir saßen nicht allein am Tisch, sondern in Begleitung unsichtbarer finsterer Gestalten, die Angst und Schrecken verbreiteten und sich nicht vertreiben ließen.

Ich betrachtete die Familien um uns herum. Sie aßen

und tranken, redeten, lasen oder warfen sich Bälle zu. Kinder schwammen im Meer, andere tobten auf dem Spielplatz herum. Einige Menschen gingen im Sand spazieren, manche hielten sich dabei an den Händen. Wir waren nicht mehr Teil dieser fröhlichen Masse, sondern befanden uns auf einem fremden Stern.

Abends, als Sophie im Bett war, sagte Peter: »Vielleicht ist es ja ein Krebs, den man gut behandeln kann.«

»Ja, vielleicht«, antwortete ich halbherzig.

***

Vor uns lag das dunkle Gemäuer des Royal Alexandra Kinderkrankenhauses in Camperdown. Zögernd stiegen wir aus dem Auto. Sophies australische Oma, ihre Nana mit dem Silberhaar, war zur Unterstützung mitgekommen.

Was würde uns hier erwarten?

Heilung oder Tod?

Peter ging mit Sophie auf dem Arm voran. Sie trug ein hell geblümtes Kleid und sah sich interessiert um.

Wir erreichten die Krebsstation. Am liebsten wäre ich sofort wieder umgekehrt, so sehr fürchtete ich mich vor dem, was hier auf uns zukommen würde. Dr. Dawson, ein schlanker dunkelblonder Mann, Mitte bis Ende dreißig, geleitete Peter und mich ins Sprechzimmer. Sophie blieb mit ihrer Nana im Wartebereich zurück.

»Bitte setzen Sie sich.«

Dr. Dawson teilte uns mit, dass unser Kind wahrscheinlich Lymphdrüsenkrebs hat. Mit dieser Diagnose sei sie aus dem Royal North Shore Hospital entlassen worden, und es komme äußert selten vor, dass eine solche Diagnose korrigiert werden müsse.

»Lymphdrüsenkrebs ist behandelbar und somit ein ›guter‹ Krebs«, erklärte er weiter. »In Abhängigkeit davon, wie weit er schon gestreut hat, beträgt die Heilungsrate mindestens fünfzig, vielleicht sogar siebzig bis achtzig Prozent. Um Genaueres sagen zu können, müssen heute und morgen weitere Untersuchungen durchgeführt und die Ergebnisse abgewartet werden.«

Nach dem Gespräch holten Peter und ich Sophie und ihre Nana wieder ab, und eine Krankenschwester geleitete uns zu einem mit Sitzmöbeln und Spielzeug ausgestatteten Raum am Ende der Station. Er würde uns für die beiden Untersuchungstage als Warte- und Rückzugsort zur Verfügung stehen. Auf dem Weg dorthin kamen wir an vielen Krankenzimmern vorbei und sahen durch die großen Glaswände blass und apathisch wirkende glatzköpfige Kinder allein in ihren Betten liegen. Umringt von unzähligen Gerätschaften und Schläuchen.

Mir gruselte.

Ich guckte unsere Tochter an. Wie rosig und gesund sie dagegen aussah. Irgendwie beruhigte mich dieser Vergleich.

In dem uns zugeteilten Raum wartete ein Teddy namens Rumpkin auf uns. Sophie lief sofort zu ihm und drückte auf einen Knopf an seinem Körper. Ein Lied namens *Mein Freund* erklang.

Rumpkin war der einzige Lichtblick an diesem schaurigen Ort.

An diesem und dem folgenden Tag fanden unzählige Untersuchungen statt: Sophies Lunge und Herz wurden abgehorcht, ihr Bauch wurde abgetastet, Blutproben wurden entnommen. Es folgten Röntgen, Ultraschall, Rückenmarkspunktion und vieles andere mehr. Peter war wie ein Fels in der Brandung und trug Sophie liebevoll durch alle Tests. Da sie noch so klein war, konnte sie intellektuell nicht verstehen, was mit ihr gemacht wurde und vor allem warum. Aber ich war mir sicher, sie hat unser ernsthaftes Bemühen gespürt, es ihr zu erklären und zu erleichtern. Auch wird sie gemerkt haben, so hofften wir jedenfalls, dass wir sie dieser Tortur nicht leichtfertig aussetzten, sondern weil es nicht anders ging.

Als wir zwischen den Untersuchungen einmal in unserem Zimmer saßen, klopfte es an der Tür. Eine Schwester kam herein und bot Sophie etwas zu essen an. Unsere Tochter sah von ihrem Buch auf und erklärte: »Ich mag gern Fleisch.«

»Na, dann komm mal mit.«

Sophie humpelte an der Hand der Schwester den langen Flur entlang in die Küche.

Peter und ich sahen den beiden hinterher.

Was war denn das? So krank konnte sie doch gar nicht sein, wenn sie Appetit verspürte und sich bereitwillig von einer wildfremden Person mitnehmen ließ.

Vielleicht würde doch noch alles gut werden.

Im Laufe des Tages begegneten wir auch anderen Erkrankten. Ein jugendlicher Patient wurde mit einem großen Willkommensschild an der Tür begrüßt. Er war wohl schon öfters hier gewesen. Besonders deutlich erinnere ich mich an ein schlankes junges Mädchen mit feinen Gesichtszügen. Wie die meisten auf der Station hatte auch sie keine Haare mehr. Zusammen mit einem jungen Mann ging sie an einem Tropf auf dem Gang spazieren. Die beiden warfen sich verliebte Blicke zu, küssten sich.

Tod und Leben in enger Umarmung.

Einige Monate später lachten mir die beiden aus einer Illustrierten entgegen. Es ging dem Mädchen gut, und sie freute sich auf eine gemeinsame Zukunft mit ihrem Freund.

Kurz darauf war sie tot.

Am späten Nachmittag bat uns Dr. Dawson ins Sprechzimmer, um uns die Ergebnisse des ersten Untersuchungstages mitzuteilen. Sophie blieb wieder mit ihrer Nana im Wartebereich zurück.

Jeder einzelne Test hatte schlechte Ergebnisse gebracht.

»Das Rückenmark Ihrer Tochter ist bereits hochgradig von Krebszellen durchsetzt. Die Heilungschancen liegen deshalb nur bei fünfzig Prozent.«

Ich sah die bleichen, glatzköpfigen Kinder der Krebsstation vor mir und hörte mich sagen: »Ich möchte Sophie der Tortur einer Chemotherapie nicht aussetzen.«

Peter war entsetzt.

»Das lass ich nicht zu. Ich bestehe darauf, dass sie behandelt wird.«

Und Dr. Dawson ergänzte: »Wenn Sie dem nicht zustimmen, bringe ich Sie vor Gericht.«

Das saß, und ich merkte, was ich mit meinen unbedachten Worten angerichtet hatte. Ich sah Peter an und berührte ihn am Arm: »Natürlich müssen wir sie behandeln lassen. Meinst du, ich weiß das nicht? Es fühlt sich nur so schlimm an, ihr diese ganze Prozedur zuzumuten. Wir haben vorhin die kreidebleichen Kinder bei der Chemotherapie gesehen. Das war doch schrecklich.«

Meine Worte schienen Peter etwas zu besänftigen, und er lehnte sich auf seinem Stuhl zurück.

Damit war das Gespräch zu Ende. Näheres würden wir am

kommenden Tag erörtern, wenn die Ergebnisse des zweiten Untersuchungstages vorlägen.

Peter und ich verabschiedeten uns von Dr. Dawson, holten unsere Tochter und ihre Nana ab und schlichen zu unserem Auto. Wie erschöpft Sophie aussah. Peter schnallte sie in ihrem Sitz an, und sie sackte dort in sich zusammen. Ich setzte mich zu ihr und streichelte sie.

Mein armes Kind.

Schweigend fuhren wir zurück nach Mosman.

Jeder allein mit seinen Gedanken und Gefühlen.

Zu Hause angekommen, bereitete Peter ein schnelles Abendessen zu, aber Sophie war zu erschöpft, um viel zu essen oder zu trinken. Deshalb brachte ich sie rasch ins Bett. Als ich zurückkam, hatte Peter seiner Mutter gerade von den neuen Untersuchungsergebnissen erzählt, und ich sah, wie betroffen und mitgenommen auch sie war. Wir umarmten uns, und sie fuhr wenig später mit ihrem Auto nach Hause.

Peter und ich setzten uns anschließend in unser Familienzimmer. Nur eine fünfzigprozentige Überlebenschance. Diese Nachricht überstieg unser Fassungsvermögen.

Wie erschlagen saßen wir da.

Irgendwann gelang es Peter, seine Kräfte zu mobilisieren.

»Wir werden den Krebs bekämpfen, und Sophie wird es schaffen.«

Am nächsten Morgen kam Sophies australische Oma erneut angereist, um uns zum zweiten Teil der Untersuchungen ins Kinderkrankenhaus zu begleiten. Unsere Tochter erwartete wohl einen netten Ausflug, denn sie lief in ihr Zimmer, füllte Steine, Stöckchen, Muscheln und andere Kostbarkeiten in ihr beigefarbiges Basttäschchen mit dem roten Futter und kletterte damit freudig ins Auto.

Es tat mir weh, sie so erwartungsvoll und fröhlich zu sehen. Gleich würden wir ihr sagen müssen, wohin wir fuhren, und dann würde sie weinen.

Bitterlich weinen.

Aber Peter und ich schoben es immer weiter vor uns her, hatten unsere Mautgebühr an der Harbour Bridge bereits bezahlt und sie passiert.

Sophie harrte vergnügt der Dinge, die da kommen würden. Bis sie das Kinderkrankenhaus sah.

»Neeeiiinnn!«

Aber es half nichts, wir mussten hineingehen, denn wir wurden auf der Krebsstation erwartet.

Wieder folgten unzählige Untersuchungen. Wieder gab es viele Tränen.

Nach einem anstrengenden Tag warteten wir am späten Nachmittag vor Dr. Dawsons Sprechzimmer auf das Abschlussgespräch.

Sophie kauerte erschöpft auf meinem Schoß. Ich zitterte und spürte nur eins: Angst. Trotz der gestrigen Prognose von fünfzig Prozent hatte ich das Gefühl, dass die Heilungschancen geringer ausfallen würden.

Aber vielleicht war ich nur pessimistisch, und es würde doch noch alles gut werden.

Dr. Dawson erschien, und mein Herz begann, ganz schnell zu schlagen. Aber er ging an mir vorbei, sprach nur kurz mit Peter, der auf dem Flur auf und ab lief. Endlich wurden wir ins Sprechzimmer gebeten und ließen Sophie bei ihrer Nana zurück.

Nach meinen damaligen Aufzeichnungen verlief das Gespräch, das unser Leben für immer verändern sollte, in etwa folgendermaßen:

Dr. Dawson teilte uns mit, dass Sophie nicht, wie zunächst vermutet, an Lymphdrüsenkrebs erkrankt war, sondern an einem Rhabdomyosarkom (Muskelkrebs) im vierten Stadium.

»Und was bedeutet das?«, fragten wir. »Ist das gut oder schlecht?«

»Muskelkrebs ist ein sehr aggressiver Krebs. Die Heilungschance Ihrer Tochter ist geringer als zehn Prozent.«

Die Zeit schien stillzustehen.

Keiner sprach.

Ich weiß nicht, wie lange es gedauert hat, bis ich in der Lage war, die alles entscheidende Frage zu formulieren.

»Sie wird sterben?«

»Ja. Ihre Tochter wird in acht bis zwölf Wochen tot sein.«

Die Antwort stand im Raum und rührte sich nicht vom Fleck.

Sie guckte uns an.

Schweigend.

Sophies Todesurteil.

Irgendwann erwachte Peter aus seiner Schockstarre und fragte, ob man denn gar nichts tun könne.

»Doch, wir können Ihre Tochter chemotherapeutisch behandeln. Dann würde sie vielleicht noch sechs Monate länger leben.« Aber, schränkte Dr. Dawson gleich ein, die monatlich stattfindende Chemotherapie müsste wegen der Aggressivität des Krebses sehr hoch dosiert werden, und deshalb könnte es auch früher zu Ende sein.

Ich bekam kaum noch Luft.

»Verstehe ich das richtig«, stammelte ich, »egal, ob wir behandeln oder nicht, sie wird in jedem Fall sterben?«

»Ja.«

»Aber Sie sagten doch was von zehn Prozent.«

»Ich sagte weniger als zehn Prozent, und das bedeutet, dass es so gut wie keine Überlebenschance gibt.«

Wieder Schweigen.

Irgendwann gelang es mir, Dr. Dawson zu fragen, was er an unserer Stelle tun würde.

»Ich würde behandeln.«

»Um Zeit zu gewinnen oder um auf Heilung zu hoffen?«

»Um Zeit zu gewinnen.«

Auf die Frage, wie diese Zeit aussehen würde, erklärte er, dass Sophie jeden Monat eine Chemotherapie bekäme, die eine Woche andauern würde. Vor, während und nach jeder dieser Behandlungen würde es ihr wahrscheinlich eine Woche lang ziemlich schlecht gehen, aber danach hätte sie eine relativ gute Woche.

»Wenn sie nicht infolge der Behandlung gleich stirbt«, sagte ich.

Dr. Dawson schwieg.

Dann teilte er uns mit, dass wir die Entscheidung nicht sofort treffen müssen. Es reiche, wenn wir ihn nach dem Wochenende anriefen und ihm dann Bescheid gäben.

Ich weiß nicht, wie es möglich war, dieses Gespräch zu überstehen. Erstaunlicherweise schafften Peter und ich es zum Schluss sogar noch, Dr. Dawson zu bitten, Sophies Unterlagen an ein anderes Kinderkrankenhaus zu schicken, um eine zweite Meinung einzuholen. Er sagte dies zu und versprach, auch Kollegen in den USA zu Sophies Fall zu kontaktieren.

Leider sollten Diagnose und Prognose auch von diesen Experten bestätigt werden.

Dann ging es darum, den Raum zu verlassen und unserem Kind zu begegnen.

Aber wie?

Peter und Dr. Dawson sahen mich an. Weshalb, verstand ich erst später, als Peter mir erzählte, Dr. Dawson habe ihn kurz vor unserer Besprechung im Flur abgefangen und ihm zugeflüstert, dass die Heilungschance weniger als zehn Prozent beträgt. Er wollte ihm das schon einmal vorab mitteilen, weil ich im folgenden Gespräch vielleicht seine Unterstützung brauchen würde.

Der arme Peter. Als wenn es für ihn weniger schlimm gewesen wäre als für mich.

Bloß nicht zusammenbrechen, sagte ich mir beim Hinausgehen. Nicht jetzt. Es war unwichtig, wie schwer alles für mich war oder für Peter. Was zählte, war Sophie. Für sie mussten wir da sein. Dieser Gedanke gab mir Kraft. Ich nahm Peters Hand und sagte: »Ich schaff das.«

Unsere kleine Tochter saß vor dem Sprechzimmer auf dem Schoß ihrer Nana und wartete auf uns. Ganz erschöpft und elend sah sie aus, mit kleinen Augen und hängendem Kopf. Wie leid sie mir tat. Mit übertrieben forscher und fröhlicher Stimme sagte ich: »Komm Mäuschen. Wir sind jetzt fertig und fahren nach Hause.«

Dort angekommen, erzählte Peter seiner Mutter, was Dr. Dawson gesagt hatte, und ich gab Sophie ihr Abendbrot, badete sie und brachte sie ins Bett. Sie schlief sofort ein. Ich blieb eine Weile neben ihr stehen und guckte sie an. Wie lange würde ich das noch tun können?

»Ihre Tochter wird in acht bis zwölf Wochen tot sein.«

Mit diesem Satz ging unsere kleine heile Welt am Freitag, dem 7. November 1986, für immer zugrunde. Es fühlte sich an, als hätten wir mit vielen anderen Menschen im Sonnenschein auf einer bunten Wiese gespielt und plötzlich hätte sich der Himmel rabenschwarz gefärbt und ein Blitz hätte unsere kleine Familie, und nur unsere, getroffen und vernichtet.

Es war, als hätte jemand mit einem großen Finger auf Sophie gezeigt und gesagt: »Die da. Die bedächtige Kleine mit den tiefblauen Augen und dem honigfarbenen Haar.« Als wäre sie und nur sie dazu bestimmt worden zu sterben. Das Leben aller anderen ging weiter wie zuvor. Unseres nicht.

Der Tod wartete und schaute Sophie an.

Stumm.

Geduldig.

Seiner Sache sicher.

Ich hoffte, dass sie ihn noch nicht sehen konnte.

Beachbabys

»Ihr seid mir hier im Stadtteil schon länger aufgefallen«, sagte Cathy, als sie mich zum ersten Mal in der Bäckerei, die sie mit ihrem Mann betrieb, bediente und mir mitteilte, dass sie ebenfalls ein Kind erwartete. Es liege an dem uralten grauen Kinderwagen. Den könne man ja nicht übersehen.

Ich lachte und erklärte, dass ich Sophie nach der Geburt nicht gleich in einem Buggy herumschieben wolle, wie das australische Eltern tun. Sie solle die erste Zeit in einem Kinderwagen liegen, damit ihr Rücken nicht zu früh belastet werde. In Deutschland, wo ich herkomme, mache man das so.

»Und dann kam Peter mit diesem Ungetüm an und meinte, wir bräuchten es ja nur für kurze Zeit.«

Auf diese Weise begann eine intensive Freundschaft zwischen uns. Cathy kam aus England und war nach dem Tod ihres Vaters nach Australien ausgewandert, ebenfalls eines australischen Mannes wegen. Auch sie kämpfte mit Heimweh und dem Einleben in eine fremde Kultur. Und so begannen wir, uns nach der Geburt ihres Sohnes mindestens einmal wöchentlich zu treffen.

Eines Tages saßen wir wieder einmal im Schatten eines alten Feigenbaumes in Balmoral Beach auf einer Decke und sahen zu, wie unsere Kinder einträchtig nebeneinander spielten.

»Hier ist es ganz anders als bei uns in London«, sagte Cathy unvermittelt. »Sophie und Keith wachsen als Beachbabys auf.«

»Ja«, entgegnete ich, »fast jeden Tag gutes Wetter, Meer und Strand. Bei uns in Deutschland wäre das auch nicht so.«

Wieder einmal nahm ich ganz bewusst die wunderschöne Szenerie um uns herum wahr. Die große, geschützte Bucht mit den wuchtigen alten Bäumen. Den aus zwei Teilen bestehenden weißen Strand, in dessen Mitte eine Fußgängerbrücke zur kleinen Insel Rocky Point Island hinüberführt. Und in der Ferne North Head, einer der mächtigen Felsen, der die Hafeneinfahrt von Sydney markiert.

Am blauen Himmel tanzten kleine weiße Wölkchen, und die geankerten Boote vor uns dümpelten im seichten Wasser.

3

»Twinkle, twinkle, little star, how I wonder what you are. Up above the world so high, like a diamond in the sky …«

Am Morgen nach der tödlichen Diagnose hörten wir im Elternschlafzimmer wie unsere Tochter dieses alte englische Kinderlied über den kleinen Stern, der hoch oben am Himmel wie ein Diamant erstrahlt, nebenan im Bett teils sang, teils summte.

Wie lieblich ihre Stimme klang. Wie unbeschwert.

Ich fing an zu weinen und fragte: »Wollen wir dieses Lied auf ihrer Beerdigung vortragen lassen?«

Jetzt bekam auch Peter feuchte Augen.

»Ich kann das alles noch gar nicht glauben«, sagte er.

So ging es mir auch. Gleich würde ich aufwachen und ihm von dem schlimmen Traum erzählen, der mich gerade heimgesucht hatte. Peter nahm mich in seine Arme. Dann lagen wir still da und hörten dem Singsang unserer Tochter zu.

»Twinkle, twinkle, little star, how I wonder what you are …«

Nach einer Weile sprach ich an, was mich die letzten Tage immer wieder beschäftigt hatte.

»Glaubst du, wir sind schuld, dass Sophie Krebs bekommen hat?«

»Wie kommst du denn darauf?«, fragte Peter erstaunt. »Du warst doch in allen Dingen, die Sophie betrafen, immer extrem vorsichtig. Weißt du noch, wie du in der Zeitung gelesen hattest, dass die Antennen der Fernseh- und Radiotürme möglicherweise gesundheitsschädliche elektromagnetische Strahlungen senden? Und wie du mich dann dazu gebracht hast, dieses Messgerät auszuleihen, um sicherzustellen, dass unser neues Haus weit genug vom Fernsehturm entfernt liegt? Und erinnerst du dich noch, wie du Sophie am Strand mit diesem Sonnenhut traktiert hast?«

»Sie sollte keine dicken braunen Leberflecke bekommen, wie sie viele ältere Menschen hier von der Sonne haben«, verteidigte ich mich.

Es war schon makaber. Sophies Haut würde makellos bleiben. Sie würde später keine Leberflecke bekommen.

Aber es würde auch kein Später geben.

»Ich habe so ein diffuses Gefühl von Schuld«, erklärte ich, »und überlege, ob es ihr geschadet haben könnte, dass ich während der Schwangerschaft nach Deutschland geflogen bin.«

»Der Gynäkologe hatte doch keine Einwände.«

»Ich sollte nur in den ersten und letzten Schwangerschaftsmonaten nicht fliegen, und das habe ich auch nicht getan.«

»Dann kann es daran nicht liegen.«

Ich kannte ja auch Mütter, die während der Schwangerschaft geflogen waren und gesunde Kinder hatten, aber irgendwie beruhigte mich das nicht.

»Vielleicht ist Fliegen nicht für alle Föten schädlich, sondern nur für dafür anfällige«, gab ich immer noch zweifelnd zu bedenken.

Peter schlug vor, Dr. Dawson danach zu fragen. Aber da Sophies Erkrankung einen rasanten Verlauf nahm und ihre Betreuung sehr schnell unsere gesamte Zeit und Energie erforderte, bekamen wir erst viel später Gelegenheit dazu: In unserem Abschlussgespräch, sechs Wochen nach Sophies Tod, sollte Dr. Dawson uns mitteilen, dass die Ursachen für die Entstehung von Muskelkrebs weitgehend unbekannt sind. Es gebe jedoch keine Hinweise darauf, dass Fliegen während der Schwangerschaft die Erkrankung ausgelöst haben könnte.

Ich schmiegte mich an Peter und sagte: »Es ist eigenartig. Auf der einen Seite fürchte ich mich davor, Schuld zu haben. Auf der anderen Seite wäre es dann nicht so willkürlich wie jetzt, und wir hätten die Krankheit vielleicht verhindern können.«

Unsere Tochter unterbrach das Gespräch: »Mami, Daddy«, rief sie aus dem Kinderzimmer.

Es war Zeit zum Aufstehen.

Von außen betrachtet war der Ablauf des Morgens wie immer: duschen, anziehen, gemeinsam frühstücken. Aber gefühlt hatte sich unsere Welt seit gestern dramatisch verändert. Der Tod beobachtete uns nicht mehr nur aus der Ferne. Er war bei uns eingezogen und begann gleich damit, sein Gift zu versprühen. Als ich Sophie in ihren Hochstuhl setzte, ließ er mich denken, dass ich in wenigen Wochen auf einen leeren Stuhl starren würde. Als sie mich über den Tisch hinweg anlächelte, ließ er mich wissen, dass sie das bald nicht mehr tun würde. Und als sie mit dem Frühstück fertig war und ich allein mit Peter am Tisch zurückblieb, sorgte er dafür, dass ich mir vorstellte, wie wir in Kürze immer nur zu zweit dort sitzen würden.

Unser gefährlicher Mitbewohner drohte mich völlig handlungsunfähig zu machen, und ich schob ihn energisch zur Seite. Sophie brauchte mich, und ich *musste* funktionieren.

Unbedingt.

Außerdem stand eine wichtige Entscheidung an: Wollten wir unsere Tochter den Qualen einer Chemotherapie aussetzen?

Ja oder nein?

Den ganzen Morgen versuchten Peter und ich, eine Antwort auf diese Frage zu finden.

Alles schien dagegen zu sprechen.

Oder doch nicht?

Wir drehten uns im Kreis. Waren ratlos. Damals noch ohne Internet, hatten wir keine Möglichkeit, uns in kurzer Zeit über Sophies Erkrankung und deren Behandlungsmöglichkeiten zu informieren, um eine fundierte Entscheidung fällen zu können.

Aber eine Entscheidung musste her, und zwar zügig.

Schließlich schlug Peter vor, Ted um Rat zu fragen.

Ich hielt das für eine gute Idee. Ted war Arzt und hatte durch einen Verkehrsunfall selbst ein Kind verloren. Peter kannte ihn aus beruflichen Zusammenhängen. Wir trauten ihm beide zu, sich in unser Dilemma hineinzudenken und uns zu helfen.

Peter eilte zum Telefon und erzählte Ted, dass unsere Tochter an Krebs erkrankt war und wir gern mit ihm über Behandlungsmöglichkeiten sprechen wollten.

Wenige Stunden später saßen wir mit ihm in seinem Haus am Stadtrand von Sydney. Sophie hatten wir in der Obhut ihrer Nana zu Hause gelassen.

Wir erzählten Ted, dass die Heilungschance unserer Tochter geringer als zehn Prozent war, was bedeutete, dass es so gut wie keine gab. Dass eine Chemotherapie ihr Leben um sechs Monate verlängern, sie an den starken Nebenwirkungen aber auch früher sterben konnte. Und die sechs Monate, die wir gewännen, wären auch kein Zuckerschlecken, denn in der Woche vor, während und nach der monatlich stattfindenden Therapie würde es ihr ziemlich schlecht gehen. Aber dann hätte sie eine gute Woche. Zusammengerechnet könnten wir, wenn überhaupt, durch eine chemotherapeutische Behandlung sechs gute Wochen gewinnen.

Aber um welchen Preis, fragten wir uns. Wollten wir unserer Tochter wirklich zumuten, die letzten Monate ihres Lebens mit qualvollen Behandlungen zuzubringen und sich die meiste Zeit schlecht zu fühlen? Mit Behandlungen, gegen die sie sich vielleicht mit heftigem Weinen wehren würde? Und wofür das alles? Wegen so gut wie nicht vorhandener Heilungschancen?

Aber es gab ja auch immer wieder Wunder in der Medizin, gaben wir uns selbst zu bedenken. Wollten wir Sophie und uns die Möglichkeit nehmen, dass so ein Wunder geschah?

Peter und ich beleuchteten diese Argumente von allen Seiten.

Schließlich wandte ich mich an unseren aufmerksamen Zuhörer. »Ted, bitte helfen Sie uns. Was sollen wir tun? Was ist das Beste für unser Kind?«

Ich befürchtete, dass er versuchen würde, uns zu überreden, Sophie auf jeden Fall behandeln zu lassen. Aber das tat er nicht. Er sah uns mitfühlend an und sagte: »Achtet auf eure Gefühle.«

Peter und ich guckten uns an und waren uns sofort einig: keine Chemotherapie. Sophie sollte in Würde zu Hause sterben dürfen und nicht noch mit einer Behandlung gequält werden, die langfristig sowieso nicht helfen würde und ihren Tod sogar noch beschleunigen könnte.

Auf dem Weg nach Hause fühlten wir uns ein wenig erleichtert. Vielleicht, weil wir erstmals ein bisschen Kontrolle über das ganze schreckliche Geschehen hatten.

Am Montag, dem 10. November, informierten wir Dr. Dawson über unseren Entschluss. Er konnte ihn nachvollziehen, deutete aber an, dass sich nur wenige Eltern in unserer Lage gegen eine Chemotherapie entschieden haben. Diese Information verunsicherte Peter und mich jedoch nicht.

Dann besprachen wir die weitere Behandlung. Zu unserer großen Erleichterung bot Dr. Dawson an, unsere Tochter medizinisch weiter zu betreuen, solange es ihr Zustand erlaube, auch in ihrer häuslichen Umgebung. Und Sharon, eine Kinderkrankenschwester, werde regelmäßig Hausbesuche bei uns machen.

Nachdem diese Vorkehrungen getroffen waren, hielten Peter und ich Ausschau nach Behandlungsmöglichkeiten außerhalb der Schulmedizin. Gab es doch noch eine Möglichkeit, unser Kind zu retten?

Aber wen wir auch kontaktierten, niemand konnte uns weiterhelfen. Schließlich erfuhren wir von einer Heilpraktikerin, die auf die Behandlung von Krebserkrankungen spezialisiert war. Auch sie bestätigte nach einem Hausbesuch, was wir befürchtet, aber auch erwartet hatten: Es gab keine Rettung.

Schließlich blieb uns nichts Anderes übrig, als uns unserem Schicksal zu beugen. Ich rief meinen Chef im Diabetikerzentrum an, wo ich als Psychologin in Teilzeit arbeitete, und ließ mich bis nach Sophies Tod beurlauben. Und auch Peter, der als selbstständiger Filmemacher tätig war, sagte alle anstehenden Aufträge für unbestimmte Zeit ab. Wir wollten uns beide ganz der Pflege unserer Tochter widmen.

***

An einem der folgenden Abende saß ich auf der Veranda, die in den Sommermonaten so etwas wie unser zweites Wohnzimmer war, und wartete auf Peter, der Sophie gerade ihre Gute-Nacht-Geschichte vorlas. Welches Buch er wohl zur Hand nahm? War es immer noch das über Mr. Bell's Fixit Shop? Ich konnte es mir nicht vorstellen.

In der Ferne erklang das Lachen eines Kookaburras, eines großen Eisvogels. Und auch die vertrauten Gesänge der australischen Flötenvögel erfüllten die Luft mit Musik. Das Leben hätte so schön sein können, wenn, ja, wenn.

Solche Gedanken bringen jetzt nichts, rief ich mich zur Ordnung und versuchte, mich auf den Garten zu konzentrieren. Der Orangenbaum, der hinten links in der Ecke stand, würde bald wieder blühen. Wir hatten November, und es war Frühling in Australien. Während die Natur zu neuem Leben erwachte, neigte sich Sophies Leben dem Ende zu. Eine unendliche Traurigkeit drückte mich tief in meinen Sessel hinein.

Es wurde schon dunkel, als ich Peter in der Küche hantieren hörte.

»Sophie schläft«, rief er mir zu. »Ich mache uns jetzt einen Kamillentee.«

Wenig später kam er mit zwei Bechern auf die Veranda und setzte sich zu mir.

Schweigend hingen wie unseren Gedanken nach.

Nach einer Weile sagte er, dass wir Sophie zwar nicht heilen, ihr aber helfen konnten, in Würde und Frieden zu Hause zu sterben. »Allerdings habe ich Angst, dass wir ihre Schmerzen irgendwann nicht mehr in den Griff bekommen.«

Obwohl ich mich davor auch fürchtete, versuchte ich, ihn

zu beruhigen. Die Medizin sei heutzutage so weit, sterbende Menschen weitgehend schmerzfrei zu halten. Nach kurzem Nachsinnen stellte ich diese Aussage jedoch selbst in Frage, denn ich hatte gehört, dass es immer auch Fälle gab, bei denen das nicht gelang. Peter wiegelte ab. Er wollte sich mit solchen Gedanken in dem Moment nicht weiter belasten.

»Wir haben noch acht bis zwölf Wochen mit ihr. Lass uns lieber überlegen, wie wir sie gestalten wollen«, sagte er.

Da waren sie wieder, diese schrecklichen Zahlen: acht bis zwölf Wochen. Das war doch gar nicht lange. Was war denn vor acht bis zwölf Wochen gewesen? Mein Geburtstag. Noch einmal so lange wie von meinem Geburtstag bis heute, und Sophie würde tot sein. Das war unvorstellbar. Leise fing ich an zu weinen.

»Wir können uns doch nicht die ganze Zeit mit ihrem Tod beschäftigen«, sagte ich nach einer Weile.

»Ich finde, wir sollten so normal wie möglich weiterleben und, sofern es ihr Zustand erlaubt, noch viele schöne Stunden miteinander verbringen.«

Ich nickte.

Ja, unsere Tochter sollte noch Freude am Leben haben, solange es ging. Ein Später würde es dafür ja nicht geben. Und wenn sich ihr Zustand verschlechterte, wollten wir ihr das Leid so erträglich machen wie möglich. Aber wie das genau gehen sollte, wussten wir nicht. Wir planten jedoch, uns jeden Tag aufs Neue auf ihr Befinden einzustellen und auszuprobieren, was ihr guttat und was nicht, und darauf zu hoffen, dass es Dr. Dawson gelingen würde, ihr starke Schmerzen zu ersparen.

Peter beschloss, Cathy anzurufen und ihr zu sagen, dass wir

uns weiterhin über Besuch freuen. Er wollte sie auch bitten, dies den Frauen aus der Spielgruppe auszurichten.

Ich lehnte mich in meinen Sessel zurück und sagte:

»Wenigstens haben wir jetzt eine Aufgabe und können etwas tun.«

Wieder half eine Entscheidung, uns weniger ohnmächtig zu fühlen. Zumindest kurzfristig. Wenn wir unsere Tochter schon nicht retten konnten, wollten wir ihr die letzten Wochen wenigstens so schön wie möglich machen und ihr helfen, ruhig und friedlich zu Hause zu sterben.

Aber würde uns das gelingen? Oder würde die Krankheit so heftig und unkontrolliert verlaufen, dass wir es trotz der Unterstützung des Kinderkrankenhauses und der Hilfe von Peters Mutter und meinen Eltern, die in Kürze anreisen würden, zu Hause nicht schafften? Wir wussten es nicht, wollten es aber versuchen. Unser Zuhause sollte ein Refugium bleiben, ein Ort, an dem wir zur Ruhe kommen konnten. Hier würden keine schlimmen Untersuchungen stattfinden. Hier sollten weiterhin Vertrauen und Sicherheit herrschen. Hier wollten wir eine kleine Familie bleiben, die versuchte, ihren ganz normalen Alltag zu bewältigen: aufstehen, duschen und ankleiden, frühstücken, spielen, vorlesen, etwas Nettes unternehmen und ganz viel kuscheln. Peter würde weiterhin zum Obst- und Gemüsemarkt fahren, vielleicht sogar mit Sophie und mir zusammen, und uns abends ein leckeres asiatisches Gericht kochen. Ich glaube, dass unser Haus und Garten sowie die vertrauten Aktivitäten des täglichen Lebens auch von unserer Tochter als Schutzraum erlebt wurden, denn sie weinte jedes Mal sehr, wenn wir mit ihr zum Arzt oder ins Krankenhaus fahren mussten.

Nach der Entscheidung gegen eine Chemotherapie und für einen natürlichen Sterbeprozess zu Hause beschlossen wir, Sophies zu erwartenden Verfall nicht in allen Einzelheiten bildlich zu dokumentieren, sondern jetzt, wo sie noch einigermaßen gesund aussah, ein paar schöne Abschiedsfotos zu machen.

»Wie wäre es, wenn wir dafür nach Clifton Gardens fahren«, schlug Peter vor. »Das ist nicht weit, und es gibt dort einen schönen Spielplatz.«

Einverstanden.

Ich ging mit Sophie in ihr Zimmer und überlegte, was sie anziehen könnte. Ein schönes Kleid? Nein, das war nicht fürs Herumklettern geeignet. Vielleicht die blaue Latzhose mit den pinkfarbenen Biesen und Knöpfen, die ihre Augen so schön zum Leuchten brachte, und dazu ein passendes pinkfarbenes T-Shirt?

Sophie willigte ein.

Jetzt noch die Haare richten. Da ihr Pony schon lang geworden war, befestigte ich ihn seitlich mit einer roten Haarspange, damit er ihr nicht in die Augen fiel.

»So, meine Süße, jetzt geht's los.«

Sophie freute sich und begann, ihr kleines Basttäschchen zu packen. Dann ging sie damit ins Auto und ließ sich anschnallen. Wir fanden es eigenartig, dass es immer wieder Tage gab, an denen sie relativ gut laufen konnte, und fragten uns dann immer, ob die Diagnose überhaupt stimmte.

Wir fuhren zur Hauptstraße hinauf und dann die wenigen Kilometer hinunter nach Clifton Gardens. Dabei kamen wir an herrlichen Jacarandabäumen vorbei, die teilweise schon ihre glockenförmigen Blüten verloren und die Gehwege in blauviolette Teppiche verwandelt hatten. Unten am Wasser erwarteten uns der Park mit seinen hohen Palmen und der kleine Strand. Einige Besucher badeten.

»Da kommt die Fähre nach Manly«, rief Peter und zeigte auf das große Schiff mit dem dunkelgrünen Rumpf und den gelblichen Decks, das die Besucher vom zentralen Anleger Circular Quay zu einem der größten und populärsten Strände Sydneys brachte.

Aber Sophie interessierte sich nicht für die Fähre, sondern steuerte auf eine gelbblaue Holzente zu. Sie kletterte hinauf und begann, kräftig hin und her zu wippen.

Peter holte seine Kamera hervor.

»Guck Daddy mal an. Ja, schön so.« Klick.

Dann lief sie zur Schaukel. Klick.

Anschließend stieg sie die Treppe der breiten blauen Rutsche hinauf. Peter gab mir die Kamera und folgte ihr.

Oben angekommen, rückte Sophie ganz weit rechts an die Brüstung und hielt sich dort mit einer Hand fest. Die andere streckte sie hilfesuchend ihrem Daddy entgegen. Klick.

Peter nahm ihre Hand und setzte sich dicht neben sie. Meine beiden Lieben, einander von der schmalen, hochgewachsenen Statur so ähnlich, lächelten. Klick.

Dann legte Peter seinen Kopf gegen den von Sophie, und beide guckten mich an. Klick.

Und nun die Rutsche hinunter. Noch einmal hinauf und wieder hinunter.

Dann das Gleiche mit Mami. Huiiii. Sophie lachte, und die Kamera machte klick.

Viele glückliche Momente.

Wie mag dieser Tag für Sophie gewesen sein? Ich hoffe, einfach nur schön. Aber als ich mir die Fotos später anschaute, wurde ich unsicher. Auf einigen schien die Unbeschwertheit bereits aus ihrem Blick gewichen zu sein. Als ob sie in eine Ferne guckte, in die wir sie schon nicht mehr begleiten konnten. Aber vielleicht bildete ich mir das auch nur ein.

Hoffentlich.

Und wie war es für uns?

Peter sah angestrengt aus, und mir fiel auf, dass sich erste graue Haare in seinen Bart eingeschlichen hatten. Waren sie vorher auch schon da gewesen? Mit seinen riesigen Händen strich er sich durch das dunkelblonde Haar. Er schien sich zu bemühen, seinen Schmerz vor Sophie zu verbergen.

Genau wie ich.

Ob er mir böse war, dass ich ihn zu einem Kind überredet hatte? Zu einem Kind, das er jetzt so sehr liebte und verlieren würde?

Ich selbst wurde den ganzen Tag von Gedanken wie »ein letztes Mal« und »wie lange noch?« überschwemmt. Aber es gab auch Momente, in denen mir das Unheil unwirklich und weit weg erschien. Dann waren wir eine ganz normale Familie, die mit ihrer kleinen Tochter einen Spielplatz besuchte und Spaß mit ihr hatte.

So wie früher.

Solche Phasen der Normalität und Freude hielten natürlich nicht lange an. Aber es gab sie.

Inseln für die Ewigkeit.

***

Zwei Tage nach diesem Ausflug brachte Peters Mutter neue Bettwäsche mit, rosafarbene, mit zarten Blümchen. Wie für kleine Mädchen gemacht.

»Sophie wird ja bald viel Zeit im Bett verbringen und soll es dort schön haben«, erklärte sie.

Wieder schlug die Realität zu, denn die Bettwäsche konfrontierte uns mit dem ganzen Ausmaß der Katastrophe, der wir stramm entgegensteuerten. Wie bei dem Besuch in Clifton Gardens vergaß ich sie manchmal für ein paar Minuten. Aber dann wurde ich wieder in grausamer Weise davon eingeholt.

So erging es mir auch jeden Morgen beim Aufwachen. Sophies tödliche Krankheit schien meinen Körper und Geist noch nicht bis in alle Poren durchdrungen zu haben, denn ich wachte immer noch mit einem guten Gefühl auf. Aber Sekunden später, noch im Halbschlaf, fraß sich ein schrecklicher Angstschwall durch alle Teile meines Körpers. »Was ist das denn?«, fragte ich mich aufs höchste alarmiert. Erst dann realisierte ich: Sophie wird sterben.

Das war jedes Mal wie ein Schlag in die Magengrube. Der Schmerz breitete sich von Sekunde zu Sekunde weiter aus, bis ich nur noch aus Angst und Grauen zu bestehen schien.

»Peter, halte mich«, wimmerte ich dann, und er nahm mich in seine Arme. Aber genauso, wie er mich hielt, hielt auch ich ihn, und wir klammerten uns verzweifelt aneinander.

Solche Momente waren jedoch nur von kurzer Dauer, denn Sophies Befinden verschlechterte sich rapide, und sie benötigte unsere Fürsorge schon am frühen Morgen. Es gab kein Singen mehr im Bett und keinen zarten Mami-Daddy-Weckruf. Stattdessen wachte sie mit herzzerreißendem Weinen auf, und es dauerte jedes Mal lange, bis wir sie beruhigen konnten.

Nachmittags ging es ihr etwas besser, aber es war offensichtlich, dass sie sich insgesamt schlecht fühlte.

Dr. Dawson verschrieb das Schmerzmittel Paracetamol.

Ich hatte das Gefühl, dass Sophie betrogen wurde. Sie würde nicht einmal ihren dritten Geburtstag erleben. Nicht in den Kindergarten und in die Schule kommen und keine anderen Länder und Kulturen kennenlernen. Sie würde sich nicht verlieben und auch nicht in die Augen ihres eigenen Kindes schauen.

»Aber sie weiß ja nicht, dass sie das alles nicht erleben wird«, sagte Peter, als ich ihm von meinen Gedanken erzählte.

»So konkret natürlich nicht. Aber sie wird doch merken, dass sie schwächer wird, zu vielem nicht mehr in der Lage ist, sich von ihren kleinen Freunden unterscheidet.«

»Vielleicht nehmen Kinder in ihrem Alter Dinge auch einfach hin, akzeptieren sie leichter, als Ältere oder Erwachsene es tun.«

Ich konnte mir nicht vorstellen, dass sich unsere Tochter so einfach in ihr Schicksal ergeben würde. Sie hatte doch auch Erwartungen an die Zukunft und sich schon ihren ersten Schultag ausgemalt. Ein schmerzhafter Abschiedsprozess stand ihr bevor, und es tat mir unendlich leid, dass sie ihn schon so früh im Leben machen musste.

»Wir müssen ihr eben dabei helfen«, sagte Peter.

»Aber wie?«

Und so begannen wir, uns erstmals mit Fragen auseinanderzusetzen, die in den kommenden Wochen unsere ständigen Begleiter bleiben würden:

Wie bereitet man ein zwei Jahre und sieben Monate altes Kind aufs Sterben vor?

Kann man das überhaupt?

Soll man es?

Unter keinen Umständen wollten wir Sophie mit den auf sie zukommenden Herausforderungen und Empfindungen alleinlassen. Ich hatte gelesen, dass todkranke Kinder ihre Eltern schützen wollen, wenn sie deren Überforderung spüren. Sie sterben dann beispielsweise gerade dann, wenn diese einmal nicht im Zimmer sind. Ein unerträglicher Gedanke. Innerlich bat ich deshalb inständig: Bitte tu uns das nicht an, Sophie. Lass uns bis zum Ende bei dir sein und dich in den Tod begleiten. Du bist doch noch so klein und musst diese Last nicht allein tragen. Wir sind groß und können dir Halt geben. Ganz bestimmt.

Bitte.

Aber war der Tod überhaupt ein Thema für sie?

Würde er eins werden?

Wie um alles in der Welt sollten wir ihr erklären, was mit ihr geschah und geschehen würde? Auf vorangegangene Erfahrungen konnten wir nicht aufbauen, denn Sophie war in ihrem bisherigen Leben noch nicht mit dem Tod konfrontiert worden. Es war noch kein naher Verwandter oder Bekannter gestorben, und auch den Zustand eines auf der Straße liegenden toten Vogels hatten wir ihr noch nicht begreifbar machen müssen.

Wäre es besser, überhaupt nichts zu sagen?

War sie zu jung für Erklärungen?

Peter entdeckte Bilder von Jesus auf einem Boot und überlegte, ob wir sie zur Erklärung verwenden könnten. Aber wir entschieden uns dagegen, fanden es zu verwirrend für Sophie, plötzlich mit christlichen Konstrukten konfrontiert zu werden, zumal wir sie nicht überzeugend vermitteln konnten.

So kamen wir nicht weiter.

Wir brauchten genaue entwicklungspsychologische Informationen darüber, ob der Tod für Kinder in Sophies Alter schon eine Bedeutung hat, und wenn ja, welche. Erst wenn wir das wussten, konnten wir entscheiden, ob und wie wir mit ihr darüber sprechen wollten. Also kramte ich meine psychologischen Fachbücher hervor und begann immer dann, wenn ich ein bisschen Zeit hatte, darin zu lesen. Auf unsere Bitte hin stellte uns auch Sharon bei ihrem nächsten Hausbesuch ein Buch zu diesem Thema zur Verfügung.

Das alte Haus mit dem Orangenbaum

Peter kehrte mit Sophie vom Einkaufen in Neutral Bay zurück. Wieder einmal war er nur mühsam mit ihr vorangekommen, da sie jeden Stein und jedes Blatt am Wegesrand aufheben und betrachten wollte.

»Diese Wohnung im zweiten Stock ist nichts für sie. Sophie braucht ein Haus mit Garten, in dem sie spielen und sich alles in der Natur genau ansehen kann«, sagte er.

Ja, so ein Haus würde unser tägliches Leben vereinfachen, auch wegen der vielen Familien mit Kindern, die bei uns ein- und ausgingen.

Wenige Wochen später hatte Peter eine Immobilie in der Zeitung gefunden, die infrage kam. Sie lag im schönen Nachbarstadtteil Mosman. Wir vereinbarten einen Besichtigungstermin.

Von außen gefiel mir der dunkelrote Backsteinbungalow mit dem Giebel und den zwei Veranden sehr. Er war im Federationsstil der Wende vom achtzehnten zum neunzehnten Jahrhundert erbaut und stand, wie vor der Sonne geduckt, in einem verwilderten Garten.

Aber als wir hineingingen, war ich entsetzt: schwarz gebeizte Türen, Fußleisten und Kamine, eine alte Küche und ein schäbiges Bad, dazu gemusterte Tapeten und Teppiche, die bestimmt noch aus den Fünfzigerjahren stammten.

»Das kann hinkommen«, entgegnete die Maklerin. »Hier hat bis vor Kurzem eine über neunzigjährige Dame gewohnt,

und die hat in den letzten Jahrzehnten nicht mehr viel renoviert.«

Während ich skeptisch umherblickte, schien Peter paradiesische Zustände auf sich zukommen zu sehen. Er lief eifrig mit seinem Zollstück hin und her und hatte vor Aufregung schon ganz rote Ohren.

»Das kann ich alles ändern«, versicherte er. »Was zählt, sind Lage, Größe und Raumaufteilung, und daran ist nichts auszusetzen. Mit dem Auto sind wir in weniger als zehn Minuten in Balmoral Beach, und zur Fähre ist es auch nicht weit. Und sieh dir mal das Haus selbst an: Vier große Zimmer und noch ein paar kleine, hohe Decken und überall Kamine. Dazu die große sonnengeschützte hintere Veranda und der Garten. Hast du gesehen, da steht sogar ein Orangenbaum. Ich finde, das Haus hat Potential und ist bezahlbar.«

Er hatte recht. Dennoch war ich zögerlich, fürchtete den Dreck und die viele Arbeit, die auf uns zukommen würde. Wie sollten wir die bewerkstelligen, wo wir doch beide berufstätig waren und uns Sophies Betreuung teilten?

Ich ließ mich jedoch überreden. Peter hatte mir in allen Einzelheiten ausgemalt, wie er dieses heruntergekommene Haus in das schönste der ganzen Straße verwandeln würde, oder zumindest in fast das schönste, und wie es dadurch an Wert gewänne. Ich bezweifelte nicht, dass ihm das gelingen würde. Nach meiner Einwanderung hatte er kurzerhand das alte Badezimmer unserer Wohnung, das nur eine Dusche besaß, herausgehauen und innerhalb von zwei Wochen ein neues eingebaut. Und das nur, weil ich mich nach meiner Berliner Badewanne sehnte.

Probleme zu lösen war seine Spezialität.

Dabei ungewöhnliche Wege zu beschreiten ebenso.

So kamen wir in den Besitz dieses etwas maroden Eigenheims mit einem Orangenbaum. Und Peter begann sofort damit, es mit seinen goldenen Händen zu renovieren.

4

Meine Eltern sollten am 15. November aus Deutschland zu Besuch kommen. Sie wussten noch nichts von Sophies Erkrankung, und ich stellte mir immer wieder vor, wie sie sich den ganzen Flug über freuen und in der Ankunftshalle aufgeregt auf uns zu stürzen und nach ihrer Enkelin Ausschau halten würden. Erfolglos, denn Peter und ich planten, unsere Tochter zu Hause zu lassen.

Wo sollten wir ihnen von unserer Katastrophe erzählen? Gleich am Flughafen? Im Auto? Oder erst nach der Begegnung mit Sophie? Ich konnte mir nicht vorstellen, ihnen die schlimme Nachricht für einen ganzen Tag zu verschweigen. Zum einen hätte ich das nicht ausgehalten, zum anderen hätten sie auch ohne Worte gemerkt, dass etwas nicht stimmte. Sie hätten nachgefragt, und was dann? Da mir dieses Thema keine Ruhe ließ, versprach Peter, die Frau eines Verwandten anzurufen und zu fragen, ob es ihr möglich sei, einen Raum im Flughafengebäude zu organisieren, damit wir dort in Ruhe mit meinen Eltern reden könnten. Sie war früher Stewardess gewesen.

Ich freute mich auf meine Eltern. Sehr sogar. Auf ihr Verständnis, ihr Mitgefühl und ihre Fürsorge. Aber ich machte mir große Sorgen, wie sie auf den bevorstehenden Tod ihres geliebten einzigen Enkelkindes reagieren würden.

Ich fühlte mich jedoch nicht in der Lage, mich auch noch

um sie zu kümmern. Auf der anderen Seite konnte ich sie in einem fremden Land, dessen Sprache sie nicht beherrschten, emotional auch nicht ganz allein lassen.

Da mich dieses Problem sehr belastete, fand Peter auch dafür eine Lösung, und ich erfuhr zum ersten Mal von Mel McKissock. Mel leitete zusammen mit seiner Frau ein Trauerzentrum in Sydney. Peter hatte einen Film über ihn gedreht und meinte, er könne uns vielleicht helfen. Nach Sophies Tod würden wir zusammen mit anderen verwaisten Eltern bei ihm an einer Trauergruppe teilnehmen.

Mel kam zu uns nach Hause. Nachdem er sich meine Sorge angehört hatte, erzählte er von Hella, deren Tochter Ingrid eineinhalb Jahre zuvor an Krebs gestorben war. Hella kam aus Hamburg, lebte aber schon seit dreißig Jahren in Sydney. Mel wollte sie fragen, ob sie bereit sei, sich mit meinen Eltern zu treffen.

Eine deutschsprachige Frau, die selbst ein Kind verloren hatte und die ganze Problematik kannte, das würde ja wunderbar passen. Und dann kam sie auch noch aus Hamburg, quasi wie meine Eltern, die in einer Kleinstadt etwa fünfundzwanzig Kilometer außerhalb der Stadt wohnten.

Doch würde Hella einem solchen Treffen zustimmen? So kurz nach dem Tod ihrer Tochter noch einmal mitzuerleben, wie ein Kind an Krebs starb, warum sollte sie sich das antun? Aber Mel war nicht so skeptisch. Er wollte Hella fragen und dann Bescheid geben.

Bevor er ging, erzählte er uns noch von der deutschen evangelisch-lutherischen Kirchengemeinde in Sydney, und wir wandten uns an einem der folgenden Tage an den dortigen Pastor Wiedemann und baten auch ihn um Beistand.

Der 15. November kam. Peter und ich fuhren los, um meine Eltern vom Flughafen abzuholen. Sophie ließen wir derweil zu Hause in Cathys Obhut zurück.

Am Terminal angekommen, begleitete mich Peter zu dem Raum, den seine Verwandte für uns organisiert hatte. Es war ein nüchternes kleines Besprechungszimmer, das mit einem Tisch, bequemen Stühlen und einer Couch ausgestattet war. An der Wand hing eine Uhr.

Während sich Peter zum Ankunftsbereich begab, begann für mich das Warten. Wie würden meine Eltern auf die Nachricht von Sophies tödlicher Krankheit reagieren?

Wieder malte ich mir aus, wie sie, abgespannt von dem langen Flug, aber dennoch freudestrahlend, aus dem Flugzeug stiegen und sich nach Sophie umschauten, um sie in ihre Arme zu schließen. Seit Weihnachten letzten Jahres hatten sie unsere Tochter ja nicht mehr gesehen. Insbesondere meine Mutter litt sehr darunter, dass ihr einziges Enkelkind am anderen Ende der Welt aufwuchs. Die vielen Videos, die Peter von unserer kleinen Familie gemacht hatte, waren zwar schön, aber eben nur ein Ersatz gewesen. Heute war der große Tag, an dem meine Eltern Sophie, Peter und mich nach einer mehr als zehnmonatigen Trennung wiedersehen würden.

Mir wurde schwer ums Herz, als ich mich in sie hineinversetzte. Wie leid sie mir taten. Gleich musste ich ihnen die traurige Botschaft überbringen, dass sie ihre Enkelin zwar bald sehen würden, aber nur für kurze Zeit. Ich befand mich in einer eigenartigen Situation: Vor Kurzem noch waren Peter und ich Empfänger der Nachricht von Sophies bevorstehendem Tod gewesen, und jetzt mussten wir diese Nachricht selbst überbringen.

Immer wieder sah ich auf die Uhr neben der Tür.

Dann hörte ich Schritte, und meine großgewachsenen, schlanken Eltern stürzten herein. Von der langen Reise sahen sie etwas mitgenommen und verknautscht aus.

»Was ist denn los?«

»Setzt euch erst mal hin.«

»Wo ist Sophie?«

Ich sah die Angst vor etwas Bedrohlichem in ihren angespannten Gesichtern, denn es musste ja etwas Schlimmes passiert sein, wenn wir sie am Flughafen in einem separaten Raum empfingen.

Wie gern hätte ich etwas gesagt, das ihre Freude zurückgebracht hätte.

Aber das konnte ich nicht. Stattdessen erzählte ich ihnen, dass Sophie unheilbar an Krebs erkrankt war und bald sterben würde.

Ich blickte in regungslose Gesichter und hatte den Eindruck, als hätten meine Eltern die Worte gar nicht vernommen.

»Sophie wird bald sterben«, wiederholte ich.

Wieder kaum eine Reaktion.

Ich erzählte von den ersten Symptomen, den vielen Arztbesuchen, die darauf folgten, und von unserer zunehmenden Angst, dass etwas Gravierendes nicht in Ordnung war. Dann von der zuerst hoffnungsvollen Diagnose, den weiteren Tests und dem darauffolgenden Todesurteil.

Aber meine Eltern schienen die Bedeutung meiner Worte immer noch nicht zu begreifen. Alles, was ich sagte, prallte an ihnen ab. Ohne eine Gefühlsregung zu zeigen, meinte mein Vater nur: »Da kann man nichts machen.«

Meine Eltern waren doch sonst einfühlsame Menschen.

Was war los mit ihnen?

Nach kurzer Irritation gelang es mir, meine psychologischen Kenntnisse zu aktivieren und dieses eigenartige Verhalten als das zu deuten, was es vermutlich war: als Ausdruck einer Überforderung. Als Schockreaktion. Meine Eltern hatten einen mehr als fünfundzwanzigstündigen Flug hinter sich und waren wahrscheinlich schon am Ende ihrer Kräfte, als sie in Sydney ankamen. Die Freude auf das bevorstehende Treffen hatte die Müdigkeit für einen Moment in den Hintergrund gedrängt. Und dann kam völlig unerwartet die Nachricht vom bevorstehenden Tod ihres geliebten Enkelkindes.

Das war zu viel. Sie konnten sie nicht aufnehmen.

Ich hatte Mitleid mit meinen Eltern, war aber auch froh, dass ihnen dieser Schutzmechanismus zunächst einmal half, mit der schwierigen Situation zurechtzukommen.

Ohne viel miteinander zu reden, fuhren wir nach Hause.

»Sophie sieht ja ganz anders aus«, kommentierte meine Mutter bei der Begrüßung. Hatte sich unsere Tochter durch ihre Erkrankung optisch bereits so sehr verändert, oder bezogen sich die Worte auf altersbedingte Reifungsprozesse? Ich fragte nicht nach. Wollte es vermutlich gar nicht genau wissen.

Meine Eltern hatten Sophie einen lilafarbenen Rucksack mitgebracht. Darin waren Pixibücher, wie gemacht für kleine Kinderhände, Puzzles, Spiele, Papierlaternen und vieles andere mehr. Als Sophie beim Auspacken war, streichelte meine Mutter ihr leicht über das Bein, und ich sah, wie unsere Tochter die Hand wegnahm und neben sich legte. Es war ihr krankes Bein gewesen. Später übergaben ihr meine Eltern das große Paket, das ich nach der Krebsdiagnose von der Post abgeholt hatte. Mein Vater baute den Bollerwagen zusammen und zog Sophie darin anschließend auf dem Bürgersteig hin und her. Ich fragte mich, wie lange sie darin wohl noch sitzen würde.

Es sollte das erste und einzige Mal gewesen sein.

Sophie freute sich über den Besuch ihrer Großeltern und ließ sich abends von ihrer Oma baden. Ich hörte die beiden im Badezimmer lachen und jauchzen und beobachtete erstaunt, wie es meiner Mutter zu gelingen schien, das nahende Ende ihrer Enkelin auszublenden.

Aber das änderte sich über Nacht. Am nächsten Morgen klopfte es an unsere Schlafzimmertür, und meine Eltern stürmten, noch in ihre Nachtgewänder gekleidet, herein. Ich sah an ihren aufgeregten Gesichtern, dass sie die Nachricht von Sophies tödlicher Krankheit inzwischen gefühlsmäßig aufgenommen hatten. Der Schlaf schien ihnen dabei geholfen zu haben. Sie teilten Peter und mir mit, dass sie ihren Rückflug stornieren und bis nach Sophies Tod bei uns bleiben und uns unterstützen würden. Als Nächstes fragten sie, ob wir schon daran gedacht hätten, Prof. Hackethal zu kontaktieren.

Ruckartig schoss ich aus dem Bett hoch. Auf den war ich ja noch gar nicht gekommen.

Sollte es wider Erwarten doch Hoffnung geben?

»Wer ist denn das?«, fragte Peter interessiert.

Ich machte meinen Eltern Platz, damit sie sich zu uns ans Bett setzen konnten, und erklärte, dass Prof. Hackethal ein in Deutschland bekannter, aber höchst umstrittener Arzt war, der Krebspatienten mit alternativen Methoden behandelte.

»Wisst ihr Näheres über ihn?«

»Nein. Aber lass uns mit Dr. Dawson darüber sprechen und hören, was er von ihm hält.«

* * *

Es klingelte an der Haustür. Vor mir stand eine Frau Ende vierzig mit kurzem Haar. Sie trug einen etwas altmodisch wirkenden Faltenrock mit einer hellen Bluse.

»Hallo, ich bin Hella.«

Wir hatten vor ein paar Tagen miteinander telefoniert und uns für heute verabredet. Der Trauerberater Mel McKissock hatte Hella von unserer Tragödie erzählt, und sie war – anders als ich es erwartet hatte – bereit, meine Eltern zu treffen.

Resoluten Schrittes folgte sie mir ins Familienzimmer. Hier hatten meine Eltern den Esstisch mit Kaffeebechern und Gebäck gedeckt und warteten zusammen mit Peter und Sophie auf unseren Gast. Dies sollte das einzige Mal bleiben, dass Hella unsere Tochter von Angesicht zu Angesicht traf. Bei ihren weiteren Besuchen ging sie ihr aus dem Weg, vermutlich, um sich selbst zu schützen.

»Sie sah so zart aus«, sagte sie später über dieses eine Treffen, »und ich war ganz angetan davon, wie liebevoll und fürsorglich sich Peter verhielt, sowohl Sophie als auch dir gegenüber.«

»Trinken Sie Kaffee?«, fragte meine Mutter, nachdem Hella und ich Platz genommen hatten.

»Ja gern.«

Nach einer Weile sprach mein Vater Hella auf ihre deutsche Vergangenheit an. Wir erfuhren, dass sie zu Beginn des Zweiten Weltkriegs in Hamburg geboren worden war. Bis ins

Jugendalter wurden sie und ihre Geschwister von der Mutter allein großgezogen, da ihr Vater aus politischen Gründen in Australien lebte. Die Mutter hielt die Familie während dieser Zeit durch einfache Näharbeiten über Wasser. Geld war knapp.

»Dann kam die große Überraschung«, berichtete Hella. »Als ich fünfzehn Jahre alt war, entschied sich meine Mutter, Hals über Kopf nach Australien auszuwandern. Sie wollte dort mit uns und unserem Vater, den sie seit dem Krieg nicht mehr gesehen hatte, ein Leben als heile Familie beginnen.«

Wir hörten gebannt zu.

»Das ging natürlich gründlich schief, und wir kamen vom Regen in die Traufe: kaum Geld, keine Sprachkenntnisse, fremde Sitten und Gebräuche. Dazu die Abhängigkeit von diesem fremden Mann, der unser Vater war.«

Was für eine Geschichte.

Aber bevor wir etwas dazu sagen konnten, änderte Hella das Thema und sprach meine Eltern auf ihren Wohnort in der Nähe von Hamburg an. Mel McKissock hatte ihr davon erzählt.

»Ich habe dort vor vielen Jahren einmal übernachtet«, sagte sie, »im Hotel Cap Polonio.«

Meine Eltern guckten sich überrascht an und riefen wie aus einem Munde: »Wir wohnen keine fünf Minuten davon entfernt.«

Aber das war noch nicht alles. Hella erzählte von ihrer geliebten Patentante, die ebenfalls im Ort meiner Eltern wohnte, und es stellte sich heraus, dass meine Mutter sie aus einem Volkshochschulkurs kannte.

Welch sonderbare Zufälle. Diese Begegnung mit ihrer deutschen Vergangenheit, von der sie sich als junges Mädchen so abrupt und schmerzhaft trennen musste, schien Hella zu überwältigen. Jetzt bekam ich eine Ahnung davon, warum sie sich auf die schwierige Aufgabe, meine Eltern während Sophies Sterbezeit zu begleiten, eingelassen hatte. Es war eine Möglichkeit für sie, wieder Zugang zu ihren deutschen Wurzeln zu finden.

Nach diesem ersten Treffen kam Hella in wöchentlichen Abständen, um meine Eltern zu besuchen, oder sie lud sie zu sich in ihr schönes Haus am Rande des Ku-ring-gai-Chase-Nationalparks ein. In ihr fanden meine Eltern eine ideale Ansprechpartnerin für ihre Sorgen, denn Hella hatte sich während der mehrjährigen Leidenszeit ihrer Tochter bereits mit vielen der Themen, die sie jetzt beschäftigten, auseinandersetzen müssen.

Ich selbst hatte in dieser Zeit kaum Kontakt zu Hella.

Wichtig sollte sie für mich erst später werden, und das kam so:

Als meine Eltern sechs Wochen nach Sophies Tod nach Deutschland zurückkehrten, wäre Hellas Mission eigentlich beendet gewesen. Aber dem war nicht so. Denn bei der Verabschiedung, so erzählte sie mir später, habe meine Mutter sie mit einem herzzerreißenden Blick angesehen und zaghaft gefragt: »Du lässt sie doch jetzt nicht im Stich?«

Was sollte sie tun?

Ihr »Auftrag« ging weiter. Ab jetzt musste sie sich um mich kümmern, und das war ganz und gar keine leichte Aufgabe. Nach Sophies Tod arbeitete ich zwar wieder im Diabetikerzentrum, aber es ging mir so schlecht, dass ich keine Kraft für weitere Kontakte hatte. Oft ging ich abends schon um acht Uhr ins Bett, und davor lag ich lange in der Badewanne.

Aber Hella nahm ihren Auftrag ernst und hielt sich die Mittwochnachmittage für mich frei. Ich fühlte mich jedoch meistens nicht in der Lage, sie zu empfangen. Dennoch ließ sie nicht locker, sondern fragte am folgenden Dienstag erneut nach, ob es denn am kommenden Tag passe.

Das ging monatelang so.

Schließlich wurden ihre Bemühungen belohnt, und es entwickelte sich eine enge Freundschaft zwischen uns, die mit der Zeit auch ihre Einseitigkeit verlor. Ich war nicht mehr nur der Betreuungsfall und sie die Helferin, sondern sie erzählte zunehmend ebenso viel von sich wie ich von mir. Lange ging es dabei um die Leidensgeschichten unserer Kinder und unseren Umgang damit. Hellas Tochter Ingrid war mit sieben Jahren an Leukämie erkrankt und nach mehreren Chemotherapien und einer Knochenmarkstransplantation fünf Jahre später qualvoll gestorben.

Hella und ich konnten alles miteinander bereden. Eine ihrer Erinnerungen ist mir besonders im Gedächtnis geblieben: Ingrid lag schwerkrank im Bett, und ihr Vater saß neben ihr. Beide schwiegen. Nach einer Weile fragte ihr Vater, woran sie denke, und Ingrid antwortete: »Ich sehe einen Vater, der am Bett seiner sterbenden Tochter sitzt, und es gibt nichts, was er tun kann.«

Kurze Zeit später war sie tot.

Diese Geschichte treibt mir noch heute die Tränen in die Augen. Ingrid ging es schon so schlecht, und trotzdem war sie in der Lage, sich in ihren hilflosen Vater hineinzuversetzen.

Unzählige Male teilten Hella und ich die Einzelheiten des erlebten Grauens miteinander. Bei mir ging es immer wieder um den Schock der tödlichen Diagnose. Darum, dass ich

Sophies Leben nicht retten konnte. Dass ich sie in den Tod begleiten musste, ohne ihr erklären zu können, was mit ihr geschah. Und vor allem um die Sorge, ihre Erwartungen an mich enttäuscht zu haben. Hellas Themen waren andere. Ihre Tochter war älter gewesen. Bei ihr bestand anfangs Hoffnung auf Heilung, und erst nach vielen fehlgeschlagenen Behandlungen mussten sich Ingrid und ihre Familie mit dem Sterben auseinandersetzen.

Hella und ich fühlten uns während dieser Gespräche wie alte Kriegsveteranen, die durch das wechselseitige Verständnis Halt und Trost finden. Eines Tages sagte Hella: »Wir sind nicht nur miteinander befreundet. Wir sind wie Blutsverwandte, wenn auch nicht im biologischen Sinne.«

Genauso fühlte es sich auch für mich an.

***

Bis zu ihrer Erkrankung war Sophie ein in sich ruhendes, ausgeglichenes Kind gewesen, das nur weinte, wenn etwas wirklich im Argen lag. Gab es Meinungsverschiedenheiten, konnten wir meistens innerhalb kurzer Zeit eine Einigung erzielen. Schön zu sehen ist das auf einem Video, das Peter kurz nach dem Einzug in unser neues Haus aufgenommen hatte. Sophie und ich ernteten im Garten Orangen. Dann holte ich ein Kartoffelschälmesser, eine Zitronenpresse und ein Trinkglas, und wir setzten uns auf eine der Stufen, die von der Veranda in den Garten führten. Mit dem Messer schnitt ich die Orangen in der Mitte durch. Sophie drückte sie in der Presse aus, goss den Saft in das Glas und trank ihn. Alles war gut.

Aber dann legte ich das Messer für einen Moment aus der Hand, und Sophie griff danach. Ich sagte »nein« und versuchte, es ihr wegzunehmen. »Sophie Messer«, rief sie und hielt es fest. »Nein.« Sie gab jedoch nicht nach, und es entspann sich ein Kampf zwischen uns. Da sagte ich mit langsamer, deutlicher Stimme: »Messer, Gabel, Schere, Licht, dürfen kleine Kinder …«?

»… nicht«, ergänzte Sophie und ließ los.

Im Zuge ihrer Erkrankung veränderte sich unsere Tochter jedoch sehr. Sie wollte im Minutentakt neue Dinge tun oder haben (»Sophie Arm, Buggy, Buchlesen, Garten …«), antwortete auf fast alles, was wir vorschlugen, mit einem bestimmten »Nein« und schlief nicht mehr allein ein, sodass Peter selten vor Mitternacht aus ihrem Zimmer kam. Dazu dieses markerschütternde Weinen, mit dem sie nach wie vor morgens aufwachte!

Dr. Dawson verschrieb ein codeinhaltiges stärkeres Schmerzmittel, aber es ging Sophie dadurch nicht wesentlich besser.

Peter und ich konnten ihr Leid nicht beheben.

Wir konnten nur für sie da sein, sie liebevoll im Arm halten und trösten.

Aber vielleicht war das ja schon viel.

Meine Eltern taten ihr Möglichstes, um uns zu unterstützen. Sie bereiteten das Essen zu, hielten das Haus in Ordnung und kümmerten sich um die Wäsche und den Garten. Peter oder ich fuhren zwar regelmäßig mit dem Auto zum Gemüse- und Supermarkt. Aber wenn kurzfristig Obst, Milch oder Brot fehlte, ging mein stattlicher Vater mit dem schönen grauen Haar immer wieder los, um diese und andere Dinge zu besorgen. Er war ein eher stiller, aber dennoch wichtiger Unterstützer im Hintergrund. Manchmal kam er mit ernstem Gesicht auf mich zu und strich mir sanft mit der Rückseite seiner Finger über die Wange. Diese etwas hölzerne, aber so lieb gemeinte Berührung kann ich bis heute spüren.

Durch den unermüdlichen Einsatz meiner Eltern konnten Peter und ich uns ganz der Rund-um-die-Uhr-Betreuung unserer Tochter widmen. Aber da sie sich auch mit Sophie beschäftigten, gab uns dies die Möglichkeit, hin und wieder in Ruhe allein miteinander zu reden und Wege des Umgangs mit ihrem sich ständig verschlechternden Gesundheitszustand abzusprechen.

Oft ging ich auch zu meiner Mutter ins Zimmer, um weinend meinen Kummer mit ihr zu teilen:

Ich habe solche Angst.

Sind wir schuld, dass Sophie krank geworden ist?

Wie sollen wir ihr erklären, was mit ihr los ist?

Wie soll ich ohne sie weiterleben?

Ich vermisse sie schon jetzt.

Meine Mutter hörte mir zu und nahm mich in ihre Arme.

Verständnisvoll und mitfühlend.

* * *

Sophie fiel es zunehmend schwerer, sich allein zu beschäftigen. Das war jedoch kein Problem, da es vier erwachsene Personen im Haus gab, die bereit waren, sich auf ihre Wünsche einzustellen.

»Mit Opa spielen«, rief sie, und er folgte ihr ins Kinderzimmer.

Zu anderen Zeiten kamen meine Mutter, Peter und ich dran.

»Ich mag kein Grün« und »ich mag kein Schwarz«, sagte sie bei diesen Zweiertreffen immer, wenn wir uns bebilderte Bücher ansahen oder wenn es Spielsteine oder Ähnliches aufzuteilen gab. Sie nahm sich dann stets die schönen roten, blauen, gelben oder pinkfarbenen Teile und gab uns die grünen oder schwarzen. Das brachte uns oft zum Schmunzeln. Meine Mutter sagte einmal: »Mir gefallen diese Farben eigentlich auch nicht, aber das scheint unsere Madam ja nicht zu interessieren. Obwohl – so direkt habe ich ihr das auch noch nicht gesagt.«

Ja, wir bemühten uns alle, Sophies Wünsche zu erfüllen.

Aber warum sie jetzt immer nur mit einer Person zusammen sein wollte, war uns zunächst ein Rätsel. Ob es schwieriger für sie wurde, sich auf mehrere Menschen gleichzeitig einzustellen? Lenkten sie diese intensiven Zweiertreffen von unangenehmen Gefühlen ab? Im Nachhinein denke ich, dass Sophie damit begann, eine Entwicklung einzuleiten, an der sie bis zu ihrem Tod festhalten sollte: so viel Selbstbestimmung über ihr Leben zu behalten wie irgend möglich.

Das sollte sich später jedoch noch deutlicher zeigen.

Nachmittags ging es unserer Tochter meist besser als morgens, und wir konnten kleine Ausflüge machen.

Eines Tages schob ich sie im Buggy die mit hohen Palmen gesäumte Ballantyne Street entlang zum nahegelegenen Spielplatz. Dabei dachte ich an unseren letzten Besuch dort zurück. Damals war sie noch gesund gewesen und hatte zwischen den Spielgeräten Blätter gesammelt und versucht, sich gegen einen kleinen Rabauken zur Wehr zu setzen, der ihr schon mehrere davon weggenommen hatte. Schließlich wurde es ihr zu bunt. Sie legte die übrig gebliebenen Blätter in unseren Einkaufskorb und schleppte ihn die Treppe zur Rutsche hinauf. Ich musste in der Erinnerung daran lächeln: ein kleines Mädchen mit einem riesigen Korb, das auf diese Weise seine Schätze rettete.

Am Spielplatz angekommen, setzte ich mich neben den Vater eines agilen kleinen Jungen auf eine Bank. Gemeinsam schauten wir unseren Kindern beim Spielen zu. Der Junge rannte zunächst von einem Gerät zum anderen, kletterte, schaukelte und ging dann forschen Schrittes zur Rutsche. Geschwind wie ein Wiesel stieg er die Stufen hinauf und sauste hinunter. Dann wieder hinauf und hinunter. Viele Male. Daneben meine kleine Sophie, die sich schwerfällig vorwärtsbewegte und mit ihrem geschwollenen Bein nur mühsam die Stufen zur Rutsche hinaufklettern konnte.

Aber wie sie sich freute, als sie oben ankam.

Und wie sie lachte, als ich sie unten auffing!

Nachdem ich zur Bank zurückgekehrt war, sagte der Vater des Jungen: »Ihre Tochter sieht ja so blass aus. Sie müssen ihr mehr Vitamine geben.«

Einige Tage nach der Ankunft meiner Eltern fand das Gespräch mit Dr. Dawson statt. Er hatte ihnen das Angebot gemacht, im Beisein eines Dolmetschers mit ihm zu sprechen und ihre Fragen an ihn zu richten. Peter fuhr die beiden ins Kinderkrankenhaus. Als er zurückkam, ging es ihm gar nicht gut, da er die ganze schlimme Geschichte noch einmal zu hören bekommen hatte. Aber es gab auch eine erfreuliche Nachricht:

Dr. Dawson wollte Prof. Hackethal anrufen und sich nach seiner Behandlungsmethode erkundigen.

***

Aber zuerst stand Sophies Taufe an. Wir hatten sie seit der Geburt unserer Tochter immer wieder hinausgeschoben und gedacht, dass dafür auch später noch Zeit sein würde. Welch eine Fehleinschätzung. Es ging nur jetzt oder nie. Und nie kam für mich nicht infrage, weil ich selbst in einem christlichen Kulturkreis aufgewachsen war, in dem Weihnachtsgottesdienste, kirchliche Taufen, Hochzeiten und Beerdigungen zum Leben dazugehörten.

Und so war es selbstverständlich für mich, Sophie taufen und später auch kirchlich beerdigen zu lassen. Wir haben nie direkt darüber gesprochen, aber ich denke, dass es sich für Peter ebenso verhielt. Heute überlege ich, ob es noch einen anderen Grund für die Taufe gegeben haben könnte. Vielleicht hatte die Vorstellung, Sophie, sozusagen stellvertretend, einer höheren Macht anzuvertrauen, trotz meiner religiösen Zweifel auch etwas diffus Beruhigendes für mich, da wir Eltern nach ihrem Tod ja nicht mehr selbst würden für sie sorgen können.

Um Sophie nicht zu überfordern, planten wir eine Haustaufe. Pastor Wiedemann von der deutschen Kirchengemeinde erklärte sich bereit, sie am 20. November durchzuführen. Da es ein schönes Erlebnis werden sollte, luden wir dazu auch Sophies Nana und drei befreundete Familien ein. Je näher der Tag rückte, desto unsicherer und besorgter wurden wir jedoch, denn andere Kinder schienen unsere Tochter zunehmend zu überfordern.

Einen Tag vor der Taufe kam Pastor Wiedemann zum Vorgespräch zu uns nach Hause. Er hatte selbst ein Kind in Sophies Alter, und unser Schicksal berührte ihn sehr. Als er uns begrüßte, stellte Sophie in wunderbarem Deutsch fest: »Wiedemann spricht Deutsch.«

Sie konnte es also. Unser kleines Fräulein konnte Deutsch reden und tat es auch. Das war ja ein Ding.

Meine Eltern, Peter und ich sahen uns überrascht an und schmunzelten. Pastor Wiedemann guckte verständnislos. Ich erklärte ihm, dass ich mit Sophie zwar ausschließlich Deutsch sprach, sie mir aber fast immer auf Englisch antwortete. Sie kannte zwar viele Wörter zuerst auf Deutsch. Aber sobald sie wusste, wie sie auf Englisch hießen, war es vorbei mit meiner Muttersprache. Dies hing vermutlich damit zusammen, dass Peter kein Deutsch konnte und wir sowohl miteinander als auch mit anderen nur in Englisch kommunizierten.

»Dazu fällt mir etwas ein«, sagte meine Mutter plötzlich und erzählte, dass Sophie in der vergangenen Woche ein Buch von ihr vorgelesen haben wollte. Sie habe zu einem deutschsprachigen Exemplar gegriffen, unsere Tochter habe jedoch auf einem englischen bestanden.

»Aber ich kann doch gar kein Englisch.«

»Oma read English book.«

»Was sollte ich tun?«, fragte meine Mutter. »Ich fing also an, in Englisch zu radebrechen.«

Sophie habe sie eine Weile prüfend betrachtet. Dann habe sie ihr das Buch weggenommen, ihr ein deutschsprachiges in die Hand gedrückt und in allerfeinstem Deutsch gesagt: »Oma Deutsch lesen.«

Wie süß. Ganz deutlich sah ich vor mir, wie Sophies kleine

grauen Gehirnzellen tick, tick gemacht hatten, als sie feststellte, dass sich meine Mutter mit dem Englischen wirklich schwertat. So etwas kannte sie bis dahin ja noch gar nicht.

Am Tag der Taufe war es kühl und regnerisch. Ich ging morgens zur Haupteinkaufsstraße hinauf, um letzte Besorgungen zu machen. Die Auslagen in den Geschäften waren gefüllt mit leckeren Esswaren und Getränken, Schmuck, Kleidung und Spielzeug. Es gab so viel Schönes zu kaufen, aber nichts für Sophie. Gar nichts. Jedenfalls nichts, was ihr hätte helfen können. Da ich aber unbedingt etwas mitbringen wollte, entschied ich mich schließlich für einen Lebkuchenmann. Einen Lebkuchenmann zur Taufe unseres geliebten Kindes. Wie einfallslos. Ich konnte mich kaum vorwärtsbewegen und schlich gebeugt nach Hause.

»Guck mal. Das sieht jetzt schön aus«, begrüßte mich meine Mutter und warf einen prüfenden Blick auf das geschmückte Familienzimmer. Rote, blaue und gelbe Luftballons baumelten von der Decke, und bunte Bilder schmückten die Wände. Sophie hatte sie in der vergangenen Woche in der kirchlichen Eltern-Kind-Gruppe getuscht. Peter und mein Vater räumten gerade die Leiter und das Werkzeug weg, und ich stellte noch schnell den gerade erworbenen Blumenstrauß auf den Tisch mit den leckeren Torten, belegten Brötchen und Getränken.

Pünktlich um elf Uhr klingelte es, und unsere Gäste fanden sich nach und nach ein. Zuerst kam Peters Mutter, ihr Silberhaar war schön frisiert und glänzte. Dann folgten Sophies kleine Weggefährten mit ihren Eltern: die resolute Katrina mit dem kugelrunden Gesicht und dem durchsichtigen Haar, der sanftmütige Keith mit den hübschen braunen Augen und ein Mädchen aus der kirchlichen Eltern-Kind-Gruppe mit ihrer kleinen Schwester. Alle waren hübsch angezogen und hielten Geschenke in den Händen. Dann traf auch Pastor Wiedemann ein, und die Taufzeremonie hätte beginnen können.

Aber Sophie fehlte. Sie war noch im Schlafsack und wollte sich schon den ganzen Morgen nicht waschen und ankleiden lassen, ein Zeichen dafür, dass es ihr nicht gut ging. Sie wollte auch keine Feier, und schon gar nicht wollte sie, dass Katrina kam, mit der sie sonst immer so gern gespielt hatte. Wir vermuteten, dass sie sich ihr nicht mehr gewachsen fühlte. Daher hatten wir vorhin noch schnell versucht, bei deren Eltern anzurufen, um den Besuch abzusagen, aber sie waren schon unterwegs gewesen.

»Zieh doch dies Kleidchen an«, versuchte ich Sophie zu überreden.

»Nicht Kleidchen.«

Erst nach längerem guten Zureden war sie bereit, etwas anzuziehen, aber kein hübsches Kleid, wie ich es gern gehabt hätte, sondern einen hellblauen, zu groß geratenen alten Pullover und eine in die Jahre gekommene karierte Hose, die sie sonst nur beim Buddeln im Garten trug. Die Haare wollte sie sich auch nicht kämmen und seitlich mit einer Zopfspange befestigen lassen, und so hingen sie ihr strähnig in den Augen.

»Nicht so wichtig«, sagte ich mir.

Endlich konnte die Taufzeremonie beginnen.

In einem Halbkreis nahmen wir im Familienzimmer Platz. Peter, unsere Tochter und ich in der Mitte unserer Gäste. Pastor Wiedemann zündete die Taufkerze an und ging mit langsamen Schritten auf Sophie zu. Erwartungsvoll sah sie ihn an. Er hockte sich vor sie hin und stellte die Taufschale neben sich auf den Boden. Man hätte eine Stecknadel fallen hören, so ruhig war es im Raum. Ernst und liebevoll zugleich blickte er ihr tief in die Augen, so als gäbe es in diesem Moment nur sie und ihn. Dann sagte er mit sanfter Stimme die Worte Jesajas: »Liebe Sophie. Nun spricht der Herr, der dich geschaffen hat: Fürchte dich nicht, denn ich habe dich erlöst; ich habe dich bei deinem Namen gerufen; du bist mein.«

Sophie saß bewegungslos da und sah ihn mit großen Augen vertrauensvoll, ja fast andächtig, an.

Die Zeit schien stillzustehen.

Aber als Pastor Wiedemann sie mit den Worten »Sophie Marieke, ich taufe dich im Namen Gottes, des Vaters, des Sohnes und des Heiligen Geistes« dreimal mit Wasser besprühte, fing sie heftig an zu weinen, und Katrina gleich mit.

Unsere Tochter muss sich sehr erschrocken haben, denn immer, wenn wir in den kommenden Wochen von Pastor Wiedemann sprachen, sagte sie vehement: »Nicht Wiedemann. Spritzt.«

Wenn ich heute an den Taufspruch denke, an die Worte Jesajas: »Ich habe dich bei deinem Namen gerufen; du bist mein«, führen mich meine Gedanken in die Zeit nach der Diagnose zurück, und ich sehe Peter, Sophie und mich wieder mit vielen anderen Menschen im Sonnenschein auf einer bunten Wiese spielen. Plötzlich färbt sich der Himmel rabenschwarz, und jemand zeigt mit einem großen Finger auf unsere Tochter und sagt: »Die da. Die bedächtige Kleine mit den tiefblauen Augen und dem honigfarbenen Haar. Sie muss sterben.«

Ich weiß nicht, warum Pastor Wiedemann gerade diesen

Taufspruch ausgewählt hat. Für mich haben die Worte Jesajas nicht nur eine positive Bedeutung, obwohl ich die natürlich auch sehen kann. Sie haben etwas Gewaltsames, so als gäbe es einen Gott, der sich in aggressiver Weise eines Menschen bemächtigt und ihm das Leben nimmt. Ihn vom Leben in den Tod zieht. Als ich mich darüber Jahre später mit Pastor Wiedemann austauschte, war er überrascht, da er diese Worte bislang nur positiv interpretiert hatte. Aber dann meinte er, dass sie in der Tat auch die aggressive, besitzergreifende Seite Gottes zeigen. Die, auf die sich Martin Luther bezog, als er schrieb, dass wir Gott *fürchten* und lieben sollen.

Nach der Taufzeremonie ging es ans Essen, Trinken und Spielen. Ich hatte so viel mit der Bewirtung der Gäste zu tun, dass es Momente gab, in denen ich nicht an unser Unglück dachte, sondern das Beisammensein mit unseren Freunden genoss. Es schien dann fast wie früher zu sein, als wir uns regelmäßig mit der Spielgruppe am Strand oder abwechselnd in unseren Häusern oder Wohnungen trafen und noch die gleichen Erfahrungen teilten. Aber dann erschrak ich. Wie konnte ich nur. Nichts war wie früher. Gar nichts.

In einer ruhigen Minute beobachtete ich, wie Sophie mit dem rosafarbenen Nelken- und Rosenstrauß herumlief, den ihr ihre Halbschwester Joanne, die an der Feier leider nicht teilnehmen konnte, geschickt hatte. Ihr Pullover war oben noch ein bisschen nass von dem Taufwasser. Sah sie unglücklich aus? Nein, aber vielleicht ein bisschen ernster als sonst. Wie mochte sie sich fühlen? Ob sie intuitiv spürte, dass sie sich von den anderen Kindern unterschied, jetzt, wo ihr Leben zu Ende ging? Ich konnte es mir nicht anders vorstellen.

Mein armes kleines Mädchen.

Ein unkundiger Beobachter hätte wahrscheinlich gar nichts Außergewöhnliches bemerkt. Er hätte Kinder gesehen und ihre Eltern. Geschenke, Luftballons, Blumen, Torten, Getränke und ein geselliges Beisammensein. Ein fröhliches Fest, hätte er gedacht, vielleicht ein Kindergeburtstag. Das empfand wohl auch die kleine Katrina so, denn sie fing ganz fröhlich an zu singen: »Happy birthday to you, happy birthday, dear Sophie, happy birthday to you.«

Die Gäste sahen Peter und mich an. Es gab nichts zu sagen. Wir alle wussten, dass unsere Tochter ihren dritten Geburtstag nicht mehr erleben würde.

***

Um Sophies Lebensqualität zu erhöhen, begann Dr. Dawson am 21. November mit der Morphiumbehandlung. Wir vermischten das Medikament mit Apfelsaft, und unsere Tochter trank es bereitwillig.

Zunächst jedenfalls.

Die Morphiumgabe war ein neuer schlimmer Meilenstein in ihrem Krankheitsverlauf, ein weiterer Schritt Richtung Ende. Nach der ersten Einnahme hat sie zwei Tage lang fast nur geschlafen. Danach schien es ihr ein wenig besser zu gehen, aber es war dennoch schwierig, ihr weiterhin schöne Augenblicke zu ermöglichen.

Ein wenig half uns dabei das Laternelaufen. Da es diese Tradition in Australien nicht gab, hatten meine Eltern Laternen aus Deutschland mitgebracht. Runde und eckige in verschiedenen Farben und Mustern. Es war zwar Frühling und lange hell, aber wir konnten nicht auf die dunkle Jahreszeit warten, um sie zum Einsatz zu bringen. Außerdem war es wichtig, Rituale zu entwickeln, die den Tagen eine Struktur gaben. Und so liefen wir jetzt jeden Abend Laterne. Immer nach dem Abendbrot ging es los. Dabei hielt jeder von uns – meine Mutter, mein Vater, Sophie, Peter und ich – eine brennende Laterne in den Händen, und wir wanderten singend durch die Straßen unseres Viertels:

»Laterne, Laterne, Sonne, Mond und Sterne. Brenne auf, mein Licht, brenne auf, mein Licht, aber nur meine liebe Laterne nicht.«

Wir mussten Sophie dabei meistens tragen, da ihr Bein schmerzte. Manchmal begleiteten uns auch andere Familien, und unser kleiner Umzug wurde für die Anwohner der Straße zu einem vertrauten Anblick.

Dieses abendliche Ritual schien Sophie ein bisschen von ihren qualvollen Zuständen abzulenken. Aber hatte sie auch Spaß dabei? Wohl eher nicht, denn die Freude hatte sich zu diesem Zeitpunkt bereits aus ihrem Leben verabschiedet.

Fünf Tage nach Beginn der Morphiumeinnahme rief Dr. Dawson an, um uns von seinem Telefonat mit Prof. Hackethal zu berichten. Dieser meinte, Krebszellen könnten sich nur teilen, wenn Sexualhormone im Körper seien. Deshalb schlug er eine Hormonbehandlung vor, um die Produktion von Sexualhormonen zu unterdrücken.

Dr. Dawson war skeptisch. Er hielt eine solche Therapie nur bei Krebs der hormonabhängigen Organe wie Brust und Prostata für sinnvoll, konnte einen Erfolg bei Sophie aber nicht ausschließen, da so etwas noch nicht ausprobiert worden war. Am Wochenende würde er nach Melbourne zu einem Krebskongress fahren und diesen Behandlungsansatz dort besprechen. Außerdem wollte er sich um Literatur dazu bemühen.

Nach seiner Rückkehr berichtete er, dass sich keiner der Melbourner Kollegen etwas von der Therapie versprach.

Ich rief Prof. Hackethal persönlich an. Er kannte das Argument, dass Hormonbehandlungen nur bei bestimmten Krebsarten angezeigt seien, vertrat aber eine andere Meinung. Auch schlug er eine höhere Dosierung vor. Das irritierte mich, denn Dr. Dawsons Literaturrecherche hatte ergeben, dass eine geringere Dosis ebenso effektiv in der Unterdrückung der Sexualhormone war wie eine höhere.

»Sie haben doch nichts zu verlieren«, ermutigte mich Prof. Hackethal. »Wenn Sie nichts tun, wird ihre Tochter sterben. Meine Behandlung bietet eine geringe Chance auf Heilung.« Dann schlug er vor, sie zunächst drei Wochen lang auszuprobieren und abzubrechen, wenn sich bis dahin kein Erfolg einstellen sollte.

Ich erzählte Dr. Dawson von dem Telefonat. Er wollte noch die Meinung eines weiteren Arztes in Melbourne einholen, der auf Hormontherapien bei Krebs spezialisiert war. Auch dieser riet uns davon ab, konnte einen Erfolg aber ebenfalls nicht ausschließen.

Nach langem Ringen entschieden Peter und ich uns dennoch für die von Prof. Hackethal propagierte Behandlung. Als wir Dr. Dawson dies mitteilten, erklärte er jedoch, dass er sich nicht in der Lage sehe, sie durchzuführen, da er nicht an ihren Erfolg glaube.

Entgeistert sahen wir ihn an.

Auch das noch.

Was nun?

Am nächsten Tag hatte Dr. Dawson seine Meinung jedoch geändert. Wenn wir es unbedingt wollten, würde er uns unterstützen. »Ich möchte Sie mit diesem Problem nicht alleinlassen«, sagte er.

Wir waren ihm dankbar. Wenn wir diese winzige Chance auf Heilung nicht ergriffen, würden wir es vielleicht ein Leben lang bereuen. Wir vermuteten, dass Dr. Dawson seine Entscheidung auch aufgrund solcher Überlegungen revidiert hatte. Wir fühlten uns bei ihm gut aufgehoben, denn er versetzte sich in unsere Lage und bezog unsere Gefühle in seine Handlungen mit ein.

Er versuchte jedoch weiterhin, uns von unserem eingeschlagenen Weg abzubringen. Wir sollten uns mit der Arzneimittelfirma Hoechst in Verbindung setzen, die das von Prof. Hackethal vorgeschlagene Hormon vertrieb. Es sei in Australien nur für Forschungsprojekte zugelassen. Wenn wir hörten, was der dortige Vertreter zu einer Anwendung bei unserer Tochter zu sagen habe, würden wir uns vielleicht doch noch dagegen entscheiden.

Dann sprach Dr. Dawson über die Möglichkeit, Sophies Bein zu bestrahlen, damit sie besser laufen könne. Aber als wir hörten, dass sie dabei eine ganze Woche lang täglich zehn Minuten allein in einem Raum sitzen müsste, lehnten wir ab. Das wollten wir ihr nicht zumuten, zumal eine solche Behandlung auch keine Heilung versprach.

Wie von Dr. Dawson vorgeschlagen, rief ich am nächsten Tag den Vertreter der Firma Hoechst an. Er war vehement dagegen, dass Prof. Hackethal das Hormon für alle Krebsarten einsetzte.

Dieser Anruf verunsicherte uns wieder. Alle rationalen Argumente sprachen gegen die Behandlung, mein Gefühl aber sagte mir, dass wir nichts unversucht lassen durften. Bei Peter war es umgekehrt. Er war emotional eher dagegen, doch sein Kopf riet ihm, alles zu probieren. Meine Eltern tendierten eher zu der Therapie, wollten uns aber nicht beeinflussen.

Peter und ich wussten nicht, was wir tun sollten, und verschoben die Entscheidung auf den nächsten Tag.

In der Zwischenzeit rief ich meinen langjährigen Freund Michael in Deutschland an, der im dortigen Gesundheitssystem arbeitete, und bat ihn, etwas über Prof. Hackethals Glaubwürdigkeit herauszubekommen. Michael kontaktierte Personen in diversen Institutionen. Niemand kannte Prof. Hackethal persönlich. Alle waren skeptisch, hätten an unserer Stelle aber jeden erdenklichen Strohhalm ergriffen.

Am nächsten Morgen hörte ich meinen großen und starken Peter, der sonst für alles eine Lösung hatte, im Bett weinen. »Ich würde es mir nie verzeihen, wenn wir Sophie zweimal täglich mit Spritzen traktieren und sie kurz darauf stirbt«, sagte er. »Wir wollten sie doch in Ruhe und Frieden in den Tod begleiten. Und diese dauernden Spritzen, neuen Hoffnungen und zu erwartenden Enttäuschungen sind doch das genaue Gegenteil davon.«

Ich nahm ihn in die Arme. Er hatte ja recht. Einerseits. Aber zweimal täglich eine Spritze, das war doch vielleicht gar nicht so schlimm.

Oder doch?

Der Rucksack mit dem kleinen Känguru

Sophie und ich standen am Wohnzimmerfenster unseres neu erworbenen Hauses und beobachteten, wie die Kinder in die gegenüberliegende Schule strömten. Alle adrett in blaugraue Uniformen gekleidet. Sophie war fasziniert. »Wenn ich *in die Schule komme«, verkündete sie in Kleinkindsprache mit glänzenden Augen, »werde ich den Rucksack mit dem kleinen Känguru mitnehmen.«*

»Bis dahin hast du ja noch ein paar Jahre Zeit«, antwortete ich und strich ihr sanft über den Kopf. Aber auch ich sah vor meinem inneren Auge, wie sie aufgeregt und stolz in die Schule marschierte, und bastelte in meiner Fantasie schon an einer Schultüte.

5

Peter und ich glaubten nicht wirklich an einen Erfolg der Hormonbehandlung von Prof. Hackethal. Da wir aber nichts unversucht lassen wollten, ließen wir uns schließlich darauf ein. Sollte die Therapie unsere Tochter zu sehr belasten, würden wir sie abbrechen.

Sofort.

Unsere Hausärztin Shirley willigte ein, die Spritzen zu verabreichen. Auch an Wochenenden und Feiertagen. Sie bot sogar an, dafür Hausbesuche zu machen. Wir dankten ihr für ihre Bereitschaft, zogen es aber vor, zu ihr in die Praxis zu kommen. Unser Haus sollte ein Ruhepol für unsere Tochter bleiben.

Beginn der Behandlung war der 5. Dezember. Dr. Dawson bestand darauf, Sophie die erste Spritze persönlich im Kinderkrankenhaus zu geben. Ab dann würden er oder ein ärztlicher Kollege einmal wöchentlich zu einem Hausbesuch kommen, um zu sehen, wie sie das Medikament vertrug.

Wie immer weigerte sich Sophie, ins Krankenhaus zu fahren: »Nicht Krankenhaus.«

»Aber wir müssen dorthin, Mäuschen«, erklärten wir. »Dein Bein tut doch immer weh, und du kannst schlecht laufen. Damit es besser wird, bekommst du jetzt zweimal täglich einen kleinen Piks.«

Das schien ihr einzuleuchten. Sie stieg bereitwillig ins Auto und weinte nur ein kleines bisschen, als ihr die intramuskuläre Spritze gesetzt wurde.

Wieder zu Hause angekommen, erzählte ich unserer Tochter vom Nikolaus. Er sei bis Weihnachten jetzt jede Nacht mit einem großen Rucksack voller Geschenke unterwegs. Und wenn er ihren Schuh am Fenster sehe, werde er etwas Schönes hineinlegen.

Sophie guckte überrascht, stellte dann aber ihre rosafarbene Sandale ans Fenster des Kinderzimmers.

Am nächsten Morgen wollte sie jedoch nicht nachsehen, ob der Nikolaus etwas gebracht hatte. Erst eine halbe Stunde später rief sie: »Mami gucken.«

»Mach ich. Aber ich muss erst nachsehen, ob sich der Nikolaus hier noch irgendwo versteckt hat.«

Dann ging ich langsam durch ihr Zimmer und suchte.

»Ob er hinter der Kommode ist?«

Aber da war er nicht.

»Unterm Bett?«

Auch nicht.

»Hinter der Tafel?«

Sophie guckte zunehmend interessierter, was ich da trieb.

»Was meinst du, ist er hinter der Gardine?«

Sie guckte gespannt.

Ganz langsam zog ich sie beiseite.

»Hier ist er auch nicht. Dann ist er wohl schon gegangen. Aber sieh mal, er hat ein Geschenk für dich dagelassen.«

Sophie nahm den Schuh und holte einen Elefanten heraus. Entsetzt sah sie ihn an und schüttelte sich.

»Nicht Elefant. Igitt!«

Na, das war ja deutlich. Ihr gefiel wohl die kalte Kunststoffoberfläche des Tieres nicht, das wir gestern noch auf die Schnelle gekauft hatten.

»Wir legen ihn zurück«, sagte ich nach kurzem Überlegen. »Der Nikolaus nimmt ihn heute Nacht bestimmt wieder mit und bringt dir etwas Anderes.«

Damit war sie das Ding los und zufrieden.

Ab dann stellte sie jeden Abend ihre kleine Sandale ans Fenster, oder wir taten es für sie. Es war ein nettes Ritual, das uns half, sie zu beschäftigen und den Tagen eine Struktur zu geben.

Morgens nach dem Aufwachen ging es ihr meist nicht gut genug, um sofort nachzuschauen, ob sich etwas in ihrem Schuh befand. Aber eine Stunde später erwachte ihr Interesse. Dann musste ich mich wieder im Schneckentempo ihrer Sandale nähern und, wie beim ersten Mal, in allen Ecken nachsehen, ob der Nikolaus noch da war. Während ich das tat, saß sie erwartungsvoll auf ihrem Bett und sagte: »Langsam, Mami.«

War ich beim Schuh angekommen, gab ich ihn ihr, und sie guckte nach, was darin war. Dabei stellten wir fest, dass sich der Nikolaus nach dem ersten Reinfall bei der Auswahl seiner Geschenke jetzt deutlich mehr Mühe gab, denn alles, was er brachte, gefiel ihr: ein Puzzle, eine Aufziehmaus, eine Musikkassette. Besonders viel Spaß hatte sie an einem Pixibuch mit deutschen Reimen und Fingerspielen. In einem von ihnen wurde der kleine Finger als Schelm bezeichnet, und Sophie hielt den ganzen Tag über immer wieder ihre beiden kleinen Finger hoch und rief »kleiner Schelm«. Es war niedlich, und wir freuten uns, sie einen Moment lang positiv gestimmt zu sehen.

Jeden Morgen und jeden Abend gingen wir zum Piks zu

Shirley in die Praxis. Sophie weinte, wenn wir das Haus verließen, aber die Ärztin ließ uns nie lange warten, und so versiegten ihre Tränen schnell.

Die Spritzen schienen sie nicht sonderlich zu belasten. Vielleicht, weil sie einen Weg gefunden hatte, der Prozedur nicht hilflos ausgeliefert zu sein, sondern sie so weit wie möglich unter ihre Kontrolle zu bringen. So wollte sie immer selbst bestimmen, wer sie zur Ärztin begleitete.

»Daddy mitkommen« oder »heute Mami« hieß es dann.

Nachdem sie die Erfahrung gemacht hatte, dass sie die Spritzen entweder in den Po oder ins Bein bekam, teilte sie jedes Mal mit, wohin sie gespritzt werden wollte. Einmal sagte sie: »Shirley, Bein.« Ein andermal: »Po.«

Und unsere nette Ärztin hielt sich streng an diese Anweisungen.

Aber das war noch nicht alles. Zu unserer großen Überraschung sagte sie eines Morgens energisch: »Piks.«

Peter guckte auf die Uhr.

»Es ist noch ein bisschen früh, erst halb neun.«

»Sophie *jetzt* gehen.«

»Natürlich können wir auch jetzt gehen«, lenkten wir ein, »dann hast du es hinter dir. Wer soll denn heute mitkommen?«

Von diesem Tag an übernahm unsere Tochter auch das Kommando über den Zeitpunkt, zu dem wir unsere Ärztin aufsuchten, und ihr Weinen beim Verlassen des Hauses fand ein jähes Ende.

Zu unserer Überraschung begann sie sich immer stärker der Person zuzuwenden, die sie zuvor beim Spritzen auf dem Arm gehalten hatte, also mal Peter und mal mir. Wir fanden das zunächst eigenartig. Was hatte das eine mit dem anderen zu tun?

Ob sie dachte, dass ihr die Person, die sie bei der Spritze hielt, am meisten helfen könnte?

Jedenfalls waren wir ganz beeindruckt davon, wie unser kleines Mäuschen versuchte, aus seiner Hilflosigkeit und Ohnmacht herauszukommen, indem es sich selbst zur Dirigentin seiner Hormontherapie machte.

***

In der ersten Woche der Behandlung von Prof. Hackethal ging es Sophie besser.

Viel besser.

Sollte die neue Therapie tatsächlich wirksam sein? Oder war es Zufall? Bewirkte vielleicht nur der Glaube an einen Erfolg die positive Veränderung?

Peter und ich wussten es nicht. Aber wir freuten uns, dass Sophie jetzt deutlich aktiver war und, anders als in der Woche davor, auch wieder das Haus verlassen wollte. Und so aßen wir Eis am Stiel, spielten im Park und am Strand, fütterten die Enten und besuchten den Spielplatz.

Einmal zog Sophie mich sogar wieder in ihre kleine Höhle, in ein hinter dichten Büschen versteckt liegendes Plätzchen in unserem Garten. Dort setzte ich mich wie früher auf einen Steinhaufen und sah zu, wie sie einzelne Blätter, Stöckchen und Steine aufsammelte und aufmerksam betrachtete. Ab und zu kam sie zu mir, legte ihren Arm um mich und zeigte mir ihre Schätze, so als wäre sie die Mutter und ich das Kind.

Und es war in der Tat so, dass ich diese Dinge mit ihren unterschiedlichen Formen, Farbschattierungen, Maserungen und Strukturen unter Sophies Anleitung plötzlich mit anderen Augen sah. Sie erschienen mir nicht mehr unbedeutend und wertlos, sondern besondere und wunderbare Objekte dieser Welt zu sein, denen ich schon lange keine Aufmerksamkeit mehr geschenkt hatte.

Eines Abends fuhren wir über die Harbour Bridge zu unserem Lieblingslibanesen zum Essen. Im Auto streichelte ich Sophies immer dünner werdende Ärmchen und sagte, sie habe eine schöne Haut, woraufhin sie erfreut rief: »Daddy, Sophie schöne Haut.«

Zärtlich lächelte er ihr im Rückspiegel zu.

Im Restaurant hat sie dann mit großem Appetit Fladenbrot mit Humus, Baba Ghanoush, ein Püree aus Auberginen, und Falafel gegessen.

Peter fielen immer neue Dinge ein, Sophie zu beschäftigen. So kaufte er einen farbenfrohen Drachen, und wir fuhren an einem schönen Nachmittag in einen kleinen Park, um ihn dort fliegen zu lassen. Sophie wollte nur zuschauen, wohl weil ihr das Laufen zu schwerfiel. Abwechselnd saß sie mit einem von uns auf der Schaukel und aß Weißwurst. Dabei rief sie ganz glücklich: »Wir machen ein Picknick.« Und wenig später: »Oma Drachen fliegen.«

Meine Mutter sprang sofort auf und ließ sich von Peter zeigen, wie sie den Drachen bedienen konnte.

Am 12. Dezember hatten wir einen Kontrolltermin im Kinderkrankenhaus, diesmal bei einer Vertretung, da Dr. Dawson einige Wochen in den USA weilte und dort einen Krebskongress besuchte. Die neue Ärztin schien sehr beeindruckt von Sophies Zustand zu sein.

Gut gestimmt fuhren wir anschließend nach Darlinghurst

in »Sophies und Daddys Coffeehouse«. Unsere Tochter hatte dem Café diesen Namen gegeben, weil Peter früher öfter mit ihr dort gewesen war. An diesem Ort, mit dem sie so viele schöne Erinnerungen verband, feierten wir ihre gute Verfassung mit einem gefüllten Fladenbrot.

Aber die positive Entwicklung hielt nicht lange an.

Nach dieser einen Woche begann sich Sophies Zustand wieder rapide zu verschlechtern. Ihr ganzes linkes Bein und ihr linker Fuß schwollen stark an, und sie konnte kaum noch auftreten. Dennoch stellte sie sich noch einmal in der Küche hin, ging ein paar Schritte und rief ganz laut: »Ich kann laufen.«

Wie sie strahlte!

* * *

Die Geschäfte und öffentlichen Plätze in Sydney waren jetzt mit Weihnachtsmännern, bunten Kugeln, Schlitten ziehenden Rentieren sowie künstlichen Tannenbäumen geschmückt, und im Radio ertönten *Jingle Bells* und *We wish you a happy christmas.*

Unüberseh- und unüberhörbar: Das Weihnachtsfest nahte. Dabei saßen die Menschen nicht bei selbstgebackenen Keksen und Kerzenschein besinnlich zu Hause, sondern sie trafen sich mit Freunden und Familienmitgliedern am Strand oder zum Grillen im Garten. Es war Sommer.

Laut, bunt, fröhlich.

Partytime.

Peter schlug vor, zu »Carols by Candlelight« zu fahren. Dies ist eine seit dem neunzehnten Jahrhundert bestehende australische Tradition. Menschen treffen sich während der Adventszeit abends in Grünanalagen, an Stränden oder anderen netten Örtlichkeiten, um zu picknicken und, begleitet von einer kleinen Band, bei Kerzenschein Weihnachtslieder zu singen.

Sein Vorschlag versetzte mich zurück in die Zeit vor einem Jahr. Es war eine laue Sommernacht gewesen. Unsere kleine Familie hatte sich im Park von Nord Sydney mit Cathys Familie und unseren damaligen Nachbarn verabredet. Sophie nannte deren kleine Tochter Samantha, nach der Melodie ihres schwer auszusprechenden Namens, immer Dadanta (mit Betonung auf der zweiten Silbe). Ich sah uns gemütlich auf unseren Decken sitzen, Kerzen schwenken und *Rudolph, the red nose reindeer* singen. Wir waren eine normale Familie unter hundert anderen Familien gewesen, und unser Kind hatte fröhlich nach der Musik getanzt.

Es schien ewig her zu sein und einer anderen Ära anzugehören.

Wie würde es heute werden? Ging es Sophie überhaupt gut genug, um daran teilzunehmen? Am Vormittag sah es nicht so aus. Aber als sie nachmittags im Garten herumlief, packte Peter Decken, Getränke und Sandwiches ins Auto, und wir fuhren los. Meine Eltern begleiteten uns. Im Park hat Sophie ein bisschen gegessen, dann aber die ganze Zeit auf dem Schoß ihres Daddys geschlafen.

Um uns herum gut gelaunte Menschen, Kinderlachen, Klirren von Geschirr und der Duft köstlicher Gerichte. Dazu die Weihnachtslieder spielende Band und fröhlich singende Besucher.

Meine Mutter weinte.

Wir packten unsere Sachen zusammen und kehrten wortlos nach Hause zurück.

An einem der nächsten Abende fuhren wir wieder an den Fähranleger von Mosman, um Enten zu füttern. Aber es waren keine da.

»Vielleicht sind sie schon schlafen gegangen«, sagte meine Mutter und strich Sophie über das dichte Haar. Es war schon ganz schön lang geworden.

Ratlos standen wir da. Laute Schlagermusik schallte von einem der vor Anker liegenden Boote zu uns herüber. Mehrere Menschen hatten sich dort zu einer Weihnachtsfeier versammelt. Sie hielten Gläser in den Händen, wiegten sich im Takt und unterhielten sich. Gelegentlich hörte man lautes Lachen. Sophie schien sich zu bemühen, nicht hinüberzuschauen, aber vielleicht bildete ich mir das auch nur ein. Ich hingegen konnte meinen Blick nicht abwenden von diesen Außerirdischen. Eine eigenartige Stimmung überfiel mich: Nur wenige Meter entfernt pulsierte das Leben, während wir gemeinsam mit dem Tod am Ufer saßen. Leben und Tod, so nahe beieinander und doch so weit voneinander entfernt. Es gab auf der ganzen Welt kein Boot, das uns von der Seite des Todes zu der des Lebens hätte bringen können.

Sophie ging es von Tag zu Tag schlechter. Bei der Bewältigung der jetzt auftretenden Schwierigkeiten entpuppte sich Peter als wahres Genie. Als er sah, wie schwer es ihr fiel, allein auf ihrem Hochstuhl zu sitzen, legte er seinen Unterarm beim Essen, wie beiläufig, quer vor sich auf den Tisch und schob ihn langsam und unauffällig nach rechts, so dicht an sie heran, dass sie sich gegen seinen Oberarm lehnen und trotzdem das Gefühl haben konnte, allein zu sitzen und zu essen. Dieser Anblick meiner beiden aneinanderklebenden Lieben rührte mich sehr.

Darüber hinaus fand Peter in seiner großen Wunderkiste, in der er für den Fall, dass er sie einmal würde gebrauchen können, unzählige Dinge aufbewahrt hatte, stets neue Materialien, mit denen sich Sophie beschäftigen oder aus denen er ihr ein Spielzeug basteln konnte. Einmal gab er ihr Metallringe, die sie ineinander hängen konnte. Ein andermal fertigte er kleine bunte Windmühlen aus Papier an und befestigte sie an Holzstäben. Eine davon nagelte er an das Geländer unserer Veranda, und wenn Durchzug herrschte, drehte sie sich. Eine zweite gab er ihr während der täglichen Ausfahrten im Buggy in die Hand, und sie konnte zusehen, wie sie sich im Fahrtwind bewegte.

Ein schönes Schauspiel.

An einem anderen Tag produzierte er mit Sophie Farbabdrücke ihrer gespreizten Hände auf Papier. Ich stellte mir vor, dass diese Bilder später einmal eine große Bedeutung für uns bekämen. »So sahen ihre Hände damals aus« und »größer sind sie nicht geworden« würden wir dann vielleicht denken.

Cathy schenkte Sophie zu Weihnachten eine durchsichtige kleine Tasche, gefüllt mit selbst gebackenen Keksen in Form bunt dekorierter Tannenbäume. Begeistert deponierte unsere Tochter in jedem Zimmer unseres Hauses einen dieser Kekse.

* * *

Mitte Dezember wollte sich Sophie nicht mehr baden oder waschen lassen.

»Nicht baden«, jammerte sie jedes Mal, wenn ich versuchte, mit ihr Richtung Badezimmer zu gehen. Auch wenn ich mit einem Waschlappen ankam, protestierte sie heftig.

»Was soll bloß werden?«, fragte ich Peter, »wir können sie doch nicht verdrecken lassen. Sieh mal, ihre Haare sind schon ganz fettig.«

Kein Problem für Daddy Fixit. Nachdem sich Sophie zum wiederholten Male dem Waschen verweigert hatte, zauberte er ein aufblasbares Boot aus dem Hut und ging damit in den Garten. Sophie sah interessiert zu, wie er Luft hineinpumpte und dann einen Gartenschlauch holte und es mit Wasser füllte.

Aber er hatte nicht mit dem starken Willen unserer Tochter gerechnet: »Ich nicht baden«, rief sie entschlossen.

Peter flüsterte mir zu, ich solle mich in das Boot legen. Schnell lief ich ins Haus, schlüpfte in meinen blauen Badeanzug und nahm Sophies Badeenten mit in den Garten. Langsam stieg ich ins Wasser, erst mit dem einen Fuß, dann mit dem anderen. »Oh, ist das schön«, jauchzte ich, setzte mich hin und begann, mich genüsslich in dem kühlen Nass zu aalen. Dann brachte ich die kleinen gelben Enten zum Schwimmen. Erst die Mama, dann den Papa und zum Schluss die drei kleinen Entenkinder.

»Quak, quak.«

Aufmerksam beobachtete unsere Tochter, was ich da trieb.

Nach einer Weile kam sie näher.

Noch näher.

»Ich auch«, sagte sie schließlich.

Dankbar blickte ich Peter an, und er zwinkerte mir zu. Dann setzte er Sophie zu mir ins Boot. Sie lehnte sich mit dem Rücken gegen mich, und ich fing sie auf. Vorsichtig machte ich ihre Brust nass. Dann plantschten wir zusammen im Wasser, wo ich sie nebenbei auch waschen konnte.

»Hallo, ist jemand zu Hause?«, fragte eine vertraute Stimme, und wir sahen die Krankenschwester Sharon auf die Veranda treten. »Die Haustür war offen«, sagte sie.

Ich stellte mir vor, wie normal wir in diesem Moment gewirkt haben mussten. Vater, Mutter und Kind, die bei herrlichem Wetter im Garten spielten und eine schöne Zeit zusammen hatten. Von außen betrachtet hätte man nichts Ungewöhnliches feststellen können. Sharon schien das ähnlich erlebt zu haben, denn sie sagte, dass es im Verlauf einer Krebserkrankung immer auch gute Zeiten gibt und wir daraus keine Hoffnungen ableiten sollen.

Da war sie wieder, die Realität.

Bei einem anderen Besuch meinte Sharon, die Zeit, die wir gerade erlebten, sei für manche Eltern so unerträglich, dass sie sich wünschten, sie wäre schon vorbei.

»Das denke ich manchmal auch«, erwiderte ich und bekam sofort ein schlechtes Gewissen. Wie konnte ich so etwas sagen, noch dazu in Sophies Gegenwart? Wie konnte ich sagen, dass es Augenblicke gab, in denen ich mir ihren Tod herbeisehnte?

Aber es gab solche Momente. Es waren Momente, in denen meine Angst vor den kommenden Wochen übergroß wurde. In denen die Gedanken nicht aufhörten zu lärmen und ich von den immer gleichen Fragen torpediert wurde: Würde Sophie starke Schmerzen erleiden, die wir nicht in den Griff bekämen? Verzweifelt schreien? Sich nicht nur körperlich, sondern auch psychisch auflösen? Würde sie uns böse sein und im Groll gehen, weil wir sie nicht gerettet hatten, nicht retten konnten? Und dann die alles entscheidende Frage: Würde sie in unseren Armen sterben? Friedlich? Oder würde ihr Tod mit einem schrecklichen Kampf und mit großen Qualen einhergehen?

Aber es gab auch die andere Seite. Den Wunsch, die Zeit mit ihr so lange wie möglich auszudehnen und um jede Minute zu kämpfen. Die gemeinsamen Erlebnisse auszukosten und zu konservieren, um sie bei Bedarf wieder hervorzuholen und lebendig zu machen, denn ich fürchtete, mich später nicht mehr genau an alles erinnern zu können. An Sophies ruhige, sanfte Art, ihre kleinen Ärmchen um meinem Hals, ihren weichen, an mich geschmiegten Körper, ihren lieblichen Duft, ihre ach so samtene Haut, ihre schnurgeraden Haare, ihre blauen Augen, die so schelmisch blitzen, aber auch so unendlich traurig blicken konnten, und ihre Stimme, die leise »Mami« rief. Es war unvorstellbar, dass ich diese Erfahrungen später nie wieder machen würde. Nie wieder. Deshalb musste ich sie jetzt auskosten und genießen und mir ganz genau merken, wie sie sich anfühlten.

So ging die Zeit dahin. Es gab schlechte Tage und relativ gute, und jeden Morgen die bange Frage: Wie wird es heute werden?

Eines Nachmittags, wir saßen gerade wieder auf unserer sonnengeschützten Veranda, klingelte es an der Haustür. Es war Ted, der Arzt, den wir wegen der Chemotherapie um Rat gefragt hatten. Welch eine Überraschung. Peter freute sich, und mir schossen Tränen in die Augen, denn wir bekamen nur noch selten Besuch. Meine Mutter lief sofort in die Küche, um Kaffee zu kochen.

Sophie saß gerade auf meinem Schoß, und vor uns auf dem Tisch lagen verschiedene Spielsachen. Ted setzte sich uns gegenüber hin, hob eine der auf dem Tisch liegenden Kuchenformen hoch und fragte: »Was ist das?«

»Hund.«

»Und das?«

»Haus.«

Während mein Vater, Peter und ich den beiden beim Spielen zusahen, bemerkten wir, dass Sophie schielte und nicht mehr gezielt nach Dingen greifen konnte. Ihre Hände suchten den jeweiligen Gegenstand nicht da, wo er war, sondern ein paar Zentimeter daneben. Es war rührend mit anzusehen, wie ihr Ted unauffällig half, indem er die Gegenstände immer dahin schob, wohin ihre Hände gerade zielten.

Sophie gefiel das Spiel mit ihm. Nachdem er gegangen war, rief sie ganz laut: »Ted netter Mann.«

Abends hatten Peter und ich endlich die Möglichkeit, über die neue beunruhigende Verschlechterung zu reden: Was bedeutete es, dass unser Kind schielte und nicht mehr gezielt nach Gegenständen greifen konnte?

Hatte der Krebs in den Kopf gestreut?

»Wenn es schlimmer wird, werde ich den Blindenverein anrufen und nach Beschäftigungsanregungen fragen«, verkündete Peter.

Eine Woche vor Weihnachten begann Sophie, ihr Morphium zu verweigern.

»Keinen Saft«, sagte sie.

Warum wollte sie den mit Morphium versetzten Apfelsaft plötzlich nicht mehr trinken?

»Vielleicht merkt sie, wie wichtig es uns ist, dass sie ihn nimmt, und wehrt sich deshalb dagegen«, sagte ich. »Als Reaktion auf den Druck, den sie von unserer Seite spürt.«

»Aber wie sollen wir den abstellen?«, fragte Peter. »Sharon betont doch immer, wie wichtig eine regelmäßige Morphiumeinnahme ist, da sich das Medikament im Blut aufbauen muss, um wirksam zu sein.«

»Sonst werden wir Sophies Schmerzen irgendwann nicht mehr in den Griff bekommen. Ich weiß. Aber wie sollen wir das hinkriegen? Wir können sie doch nicht zwingen.«

»Wir *müssen* sie zwingen. Der Gedanke, dass sie leiden muss, weil wir es nicht geschafft haben, ihr das Morphium zu geben, ist für mich unerträglich.«

Ich guckte ihn ungläubig an.

»Das kannst du doch nicht im Ernst meinen. Nie und nimmer. Bevor ich das tue, nehme ich lieber Schmerzen in Kauf.«

Aufgeregt standen Peter und ich uns in der Küche gegenüber, er vor dem Herd und ich vor dem Geschirrspüler. Wir sprachen mit erhobenen Stimmen, gestikulierten wild mit beiden Armen und wiederholten unsere jeweiligen Meinungen. Aber keiner konnte den anderen überzeugen.

»Lieber Zwang als Schmerzen«, sagte Peter.

»Nein, lieber Schmerzen riskieren als Zwang ausüben«, konterte ich. »Zwang wird zu einer Erschütterung ihres Vertrauens in uns führen, und das würde *ich* nicht aushalten.«

Wir drehten uns im Kreis.

Schließlich gab ich nach, weil ich Peters panische Angst davor sah, den Qualen unserer Tochter hilflos ausgeliefert zu sein. Mir machten potentielle Schmerzen auch Sorgen, aber Sophie zu zwingen, mehrmals täglich ihren Saft zu trinken, erschien mir das noch größere Übel zu sein.

Also nahm ich sie in meine Arme und hielt sie fest, während Peter gewaltsam versuchte, das Morphium in ihren Mund zu bekommen. Sie wehrte sich mit Händen und Füßen. Nach kurzer Zeit gab er auf.

Den Tränen nahe.

Diese Aktion hat Sophie ihm so übel genommen, dass sie begann, den Kontakt zu ihm zu verweigern.

»Geh weg, Daddy«, sagte sie jedes Mal, wenn er sich ihr näherte.

Das war nicht nur für Peter schwierig, sondern auch für mich, denn er konnte mir jetzt nicht mehr bei der Betreuung unserer Tochter helfen. Seit einigen Wochen verbrachte immer einer von uns die Nacht mit Sophie im Elternschlafzimmer, während der jeweils andere versuchte, im Kinderzimmer Kraft zu tanken. Bislang hatten wir uns dabei abgewechselt. Aber da Sophie Peter jetzt zurückwies, ging das nicht mehr. Und so schlief immer ich bei ihr und war die halbe Nacht damit beschäftigt, sie zu motivieren, ihren Morphiumsaft zu nehmen. Ständig wachte sie auf, streckte ihre dünnen Ärmchen, die inzwischen auch wehtaten, in die Höhe und rief: »Aua, aua.«

Aber wenn ich sie anflehte, ihren Saft zu trinken, damit die Schmerzen nachließen, erwiderte sie vehement: »Nein, keinen Saft … aua, aua.«

Und wieder waren die Arme oben.

Es war zum Verzweifeln.

Irgendwann sagte sie dann zwar: »Sophie Saft.« Aber dieses ständige Ringen war sehr anstrengend und die Menge, die sie zu sich nahm, weniger, als von ärztlicher Seite verordnet.

Auch tagsüber war sie jetzt nur auf meinem Arm, mit dem Resultat, dass ich Schmerzen im unteren Rücken bekam, ein Leiden, mit dem ich seit Jahren immer wieder zu kämpfen hatte. Schließlich intervenierten meine Eltern. Sie sagten Peter, er müsse sich wieder aktiver beteiligen, auch wenn Sophie dies scheinbar nicht wolle. Ich würde es allein nicht schaffen.

Das hat er dann auch gemacht. Und natürlich hat Sophie ihren geliebten Daddy sofort wieder akzeptiert.

Peter und ich waren wieder ein Team.

* * *

»Unsere Freunde haben uns verlassen«, jammerte ich ein paar Tage später, als sich meine Eltern im Haus mit Sophie beschäftigten und ich mit Peter auf der Veranda Kaffee trank. »Warum kommen sie nicht mal vorbei oder rufen zumindest an und fragen, wie es uns geht?«

Besonders die Frauen aus der Spielgruppe fehlten mir. Wir waren fast alles Erstlingsmütter und hatten uns seit der Geburt unserer Kinder mindestens einmal wöchentlich getroffen und das Glück und die Probleme der frühen Elternschaft miteinander geteilt. In dieser Gruppe spielte es keine große Rolle, dass ich aus einem anderen Land kam. Hier zählte, dass ich Mutter war. Eine unerfahrene Mutter wie die anderen auch. Und so hatten mir die Frauen dieser Gruppe sehr geholfen, mich in Sydney heimisch zu fühlen.

»Auch Cathy hat sich schon lange nicht mehr gemeldet«, sagte ich und hörte selbst, wie weinerlich meine Stimme klang. »Und das ganz ohne Begründung.«

Genau in diesem Moment klingelte es.

Peter eilte zur Tür, und ich hörte ihn sagen: »Gut, dass du da bist.«

»Warum? Was ist denn los?«

Es war Cathy.

Ich fiel ihr um den Hals und sagte, wie sehr ich mich über ihren Besuch freute. Als sie und ihr Mann vor einigen Wochen mit ihrem Sohn bei uns waren, hatten wir zwar gesagt, dass Kinder für Sophie zu anstrengend würden. Aber trotzdem fühlte ich mich jetzt von allen alleingelassen.

Und meine liebe Freundin, die sich aufgrund eigener Lebenskrisen mit zwiespältigen Gefühlen so gut auskannte, drückte mich an sich.

»Wenn es einem schlecht geht, sagt man manchmal etwas, das man gar nicht so meint.«

Meine Tränen wurden zu einem Sturzbach.

Peter brachte unserem Gast einen Becher Kaffee und ließ uns dann allein.

Nachdem ich mich etwas beruhigt hatte, erzählte Cathy, dass sie mit ihrem Sohn im Krankenhaus gewesen war: »Keith hat Asthma.«

Oh je, da hatte ich ganz aus den Augen verloren, dass auch andere Menschen von Sorgen heimgesucht wurden.

Aber warum waren die Mütter aus der Spielgruppe wie vom Erdboden verschwunden? Was war denn mit meiner guten Freundin Brenda, Katrinas Mutter, geschehen? Nach Sophies Diagnose hatte sie doch noch erklärt, ihrer Familie könne so etwas wie uns nicht passieren. Auf mich wirkte der Satz damals wie ein verzweifelter Versuch, auszublenden, dass jeder, also auch jemand aus ihrer Familie, unheilbar erkranken konnte. Vielleicht war diese Verleugnung inzwischen zusammengebrochen, überlegte ich. Vielleicht hatte Brenda Angst bekommen und sich deshalb nicht gemeldet.

»Sie denkt, ihr wollt keinen Besuch mehr haben.«

Ich guckte skeptisch, und Cathy fügte hinzu: »Ich weiß, das klingt wie eine Ausrede und ist es vielleicht auch.«

Dann erzählte sie von Brendas Sorge, ihre Muttermilch zu

verlieren und Katrinas kleinen Bruder nicht mehr stillen zu können, wenn sie sich emotional zu sehr auf uns einließe.

»Und sie möchte Katrina vor einem Kontakt mit Sophie schützen, damit ihre kleine heile Welt nicht vorzeitig zerstört wird.«

Das konnte ich nachvollziehen.

Aber sie und die anderen Frauen hätten doch mal anrufen, schreiben oder ein kleines Geschenk für Sophie schicken können, wo es immer schwieriger wurde, sie zu beschäftigen. Wir hatten doch immer Freud und Leid miteinander geteilt.

Ja, so war es gewesen. Bei unseren wöchentlichen Treffen ging es um Streitereien mit unseren Partnern, um beengte Wohnverhältnisse und Probleme mit unseren Kindern. Wir hörten einander zu und unterstützten uns gegenseitig. Eine der Mütter kannte eine Ergotherapeutin mit dem passenden Namen Mrs. Hope. Sie war auf Schrei-, Schlaf- und Essprobleme von Babys spezialisiert. Reihenweise hatten wir sie konsultiert und anschließend unsere Erfahrungen ausgetauscht. Auch ich war bei ihr gewesen, weil Sophie nur auf dem Arm, an der Brust oder im sich bewegenden Kinderwagen einschlief und sofort aufwachte, wenn ich sie ablegte oder mich für einen Moment hinsetzte. Ich war zu der Zeit den halben Tag mit ihr auf Achse gewesen und hatte auch nachts keine Ruhe gefunden.

Sehr anstrengend.

Die wunderbare Mrs. Hope befähigte mich, Sophie in kürzester Zeit beizubringen, allein in den Schlaf zu finden. An dieses positive Erlebnis sollte ich später oft zurückdenken, denn ich begann nach Sophies Tod damit, mich ebenfalls auf die Beratung und Psychotherapie von Eltern mit Säuglingen und Kleinkindern zu spezialisieren.

Es waren alles ernst zu nehmende Schwierigkeiten gewesen, die uns Mütter damals beschäftigten, aber wir hatten sie lösen können.

Vielleicht überforderte ich meine Freunde jetzt. Vielleicht konnte ich nicht erwarten, dass Freundschaften, die erst vor Kurzem geschlossen wurden, auch in existentiellen Krisen hielten.

Als Cathy zwei Stunden später nach Hause fuhr, ging es mir etwas besser. Sie wollte die Mütter aus der Spielgruppe anrufen und ihnen von unserem Treffen erzählen.

Jahre später fragte ich sie, wie sie es geschafft habe, uns während Sophies Sterbezeit so einfühlsam zu begleiten. Sie war zu der Zeit mit ihrem zweiten Kind schwanger gewesen und hätte viele Gründe gehabt, sich ebenfalls zurückzuziehen.

»Warum hast du es nicht getan?«

»Weil es genauso gut *ich* hätte sein können, der das passiert. Wir beide hatten seit der Geburt unserer Kinder so viele Dinge zusammen erlebt und uns immer gegenseitig geholfen. Sogar unsere zweiten Babys hatten wir gemeinsam geplant. Und dann ist bei dir alles anders gekommen als bei mir. Dein Kind lag im Sterben, und ich war mit meinem zweiten schwanger.«

Nach kurzem Nachdenken fügte sie hinzu: »Ursprünglich waren wir gleich, und von einem Tag auf den anderen war das nicht mehr so.«

Ihr Mann habe sie oft gefragt, warum sie sich das mit uns antue, es sei doch nicht *ihr* Problem. Und auch ihm habe sie geantwortet: »Aber es hätte unser Problem sein *können*.«

Deshalb habe sie sich nicht von uns distanziert wie viele andere, die, so verständlich das auch gewesen sei, in erster Linie versucht hätten, sich und ihre Familien zu schützen.

»Hattest du denn keine Angst um deine Schwangerschaft oder um Keith, deinen Sohn?«

»Nein«, sagte sie und erklärte, dass sie nach Sophies Diagnose mit einer befreundeten Ärztin über uns gesprochen hatte. Diese konnte Sophies Krankenakte einsehen und habe sie über den Fortgang der Erkrankung auf dem Laufenden gehalten.

Trotz Schweigepflicht.

»Das habe ich dir damals erzählt. Du warst erst entsetzt, hast es dann aber akzeptiert, weil du verstanden hast, dass auch ich Unterstützung brauchte.«

Langsam tauchte eine vage Erinnerung in mir auf.

Cathy erzählte weiter, dass ihre Freundin sie an eine Kollegin verwiesen hatte, die auf pränatale Diagnostik spezialisiert gewesen war. Und die habe ihr versichert, dass es dem Baby gut geht. Mit dieser Sicherheit im Hintergrund und mit der Ermutigung der beiden Ärztinnen konnte sie für uns da sein.

Wie Cathy gab es noch andere Menschen, die während Sophies Sterbezeit weit mehr für uns getan haben, als zu erwarten gewesen wäre. Dazu gehörten Hella, die es trotz ihrer eigenen Trauer auf sich nahm, meine Eltern emotional zu begleiten, Dr. Dawson, der uns die Behandlung von Prof. Hackethal entgegen seiner Überzeugung ermöglichte, und unsere Hausärztin Shirley, die Sophie selbst an Wochenenden und Feiertagen ihre Spritze gab. Aber natürlich sind auch einige enge Freundschaften an dieser Belastungsprobe zerbrochen. So hat mir diese Erfahrung bestätigt, dass nicht vorhersagbar ist, wie sich Menschen in Krisenzeiten verhalten. Ich wünsche mir, ich hätte wie Cathy reagiert, wäre ich nicht die Betroffene, sondern eine Helferin gewesen. Kann mir aber nicht sicher sein, dass ich es auch tatsächlich getan hätte.

Ein paar Tage nach Cathys Besuch klingelte Brenda an unserer Tür. Ich saß gerade in Gedanken versunken mit Sophie auf der Veranda. Sie trug ein rotes T-Shirt und lag schon seit mehreren Stunden auf meinen ausgestreckten Beinen und schlief. Gerade hatte ich ihre weichen Gesichtszüge betrachtet, die noch wenig von der tödlichen Krankheit gezeichnet waren, und ihr locker zurückfallendes Haar. Mein schönes Mädchen. Wie sie wohl nach ihrem Tod aussehen würde?

Ich war in meiner Fantasie gefangen und fühlte mich einer Begegnung mit Brenda in dem Moment nicht gewachsen. Deshalb bat ich Peter, sie fortzuschicken.

Auch am nächsten Tag wies ich sie ab. Aber dann stellte ich mein Verhalten selbst infrage und überlegte, wie wir nach Sophies Tod wieder mit unseren Freunden zusammen sein könnten, wenn sie diese schlimme Zeit nicht miterlebten. Keine Worte würden eine geteilte Erfahrung ersetzen. Vielleicht vermisste Sophie auch den Kontakt mit ihnen und wunderte sich, dass niemand mehr kam, wo unser Haus doch zuvor so lebendig gewesen war und immer viele Eltern und Kinder ein- und ausgegangen waren.

»Weißt du noch«, fragte ich Peter wehmütig, »wie ich vor Sophies Erkrankung mehrmals die Woche gebacken und die Stücke portionsweise eingefroren habe, sodass sich unsere Gäste immer aussuchen konnten, welchen Kuchen sie essen wollten?«

»Klar weiß ich das noch. Das hat alle sehr beeindruckt, mich auch. Käse- und Apfelkuchen, Schwarzwälder Kirschtorte, Mandel-Orangen-Kuchen ohne Mehl. Du hattest immer eine große Auswahl anzubieten, und alle Sorten haben hervorragend geschmeckt.« Dann schlug er vor, Brenda sowie

Sue anzurufen und sie zu uns einzuladen. Sue kannte ich seit Beginn meiner Schwangerschaft, sie hatte mich in die Spielgruppe eingeführt.

Von diesem Tag an kamen meine beiden Freundinnen wieder regelmäßig zu Besuch und beschäftigten sich mit Sophie; meistens lasen sie ihr etwas vor. Ihre Kinder ließen sie zu Hause, da unsere Tochter nicht mehr in der Lage war, mit ihnen zu spielen.

Aber es passierte noch etwas Anderes. Die Mütter der Spielgruppe beschlossen, abwechselnd für uns zu kochen. Und so wurden wir fortan jeden Mittag mit köstlichen Quiches, Aufläufen, Eintöpfen und Pizzen verwöhnt.

Peter kann (fast) alles

»Lasst uns schnell durch«, keuchte Peter und drängte sich mit seinem Freund Kim an Sophie und mir vorbei ins Haus.

Die Männer trugen einen mehr als fünf Meter langen, verdreckten Gegenstand und schleppten ihn den Flur entlang in den hinteren Teil unseres Hauses. Dort klaffte an der rechten Seite ein riesengroßes Loch. Peter hatte tags zuvor damit begonnen, eine Wand herauszuhauen, um die winzige Küche um ein geräumiges Familienzimmer mit Essbereich zu erweitern.

»Um Gottes willen, was ist denn das?«, fragte ich entsetzt und lief den beiden hinterher.

»Hierhin«, sagte Peter, und die Männer legten den Gegenstand ab.

»Als ich vorhin zum Baumarkt gefahren bin, um Mörtel zu kaufen, lag am Wegesrand dieser alte Elektrizitätsmast. Ich habe sofort angehalten, um ihn mir genauer anzusehen«, erklärte Peter. »Der Mast ist wunderbar zur Stabilisierung der Decke zwischen der Küche und dem neuen Essbereich geeignet, damit sie uns nicht auf den Kopf fällt.«

»Dann hat er bei mir angerufen und gefragt, ob ich ihm beim Transport helfen könne«, sagte Kim. »Und jetzt brauche ich etwas zu trinken.«

Als die Männer ihren Durst gestillt hatten, lehnte sich Peter genüsslich zurück und betrachtet stolz seinen Mast: »Klasse, genau so einen brauchte ich.«

Inzwischen begann sich Sophie dem riesigen Teil interessiert zuzuwenden, aber ich hielt sie zurück.

»Bleib hier, es ist schmutzig, und du kannst dir wehtun.«

Woraufhin Peter versicherte: »Ihr fahrt doch nachher sowieso nach Chinamens Beach und trefft die Spielgruppe. Bis ihr zurück seid, habe ich alle Nägel und Haken aus dem Mast entfernt und ihn gesäubert und geschmirgelt. Er wird glänzen wie ein Kinderpopo, und ihr werdet ihn nicht wiedererkennen.«

»Daddy helfen«, krähte unsere Tochter.

Peter lächelte sie liebevoll an: »Natürlich. Aber ich fang schon mal an, und wenn deine Mami morgen zur Arbeit geht, machen wir zusammen weiter.«

6

Ich wollte mit Sophie eine kleine Spazierfahrt machen und hatte sie in ihren Buggy gesetzt. Sie sah mir zu, wie ich hin und her lief und einige Sachen zum Mitnehmen zusammensuchte. Plötzlich fragte sie: »Mami traurig?«

Mir blieb fast der Atem stehen, und meine Gedanken überschlugen sich: Sie weiß genau, was in mir vorgeht. Was soll ich bloß antworten? Ich will sie nicht anlügen, aber auch nicht belasten.

Ich spürte ihren Blick auf mir.

Ganz ruhig saß sie da und wartete.

Erst sagte ich »nein«, besann mich dann aber sofort eines Besseren und korrigierte mich.

»Ja, Mami ist traurig.«

Kaum ausgesprochen, dachte ich: Das kann ich nicht so stehenlassen. Ich muss es begründen.

»Weil du so krank bist«, fügte ich hinzu.

Oh je, was hatte ich da gesagt? Jetzt denkt sie, dass sie schuld ist an meiner Traurigkeit. Was habe ich ihr da bloß aufgebürdet. Dabei war ich doch nur ehrlich gewesen.

Aber war es der Ehrlichkeit zu viel? Konnte sie damit umgehen? Unsicher suchte ich ihren Blick.

»Sophie nicht krank«, rief sie vehement. Und damit war die Sache für sie erledigt.

Zunächst jedenfalls.

Mit Situationen wie dieser wurden wir immer wieder konfrontiert.

Mit Situationen, auf die wir nicht vorbereitet waren und für die wir keine Antworten hatten.

Mit Situationen, die eine sofortige Reaktion erforderten, in unseren Köpfen aber zunächst nur Leere oder gar Panik auslösten.

Peter und ich verspürten einen großen Druck, alles gut und richtig zu machen. Aber für die meisten Probleme gab es kein Richtig oder Falsch, und so mussten wir oft ad hoc Antworten und Lösungen finden, die uns manchmal zufrieden stellten und manchmal nicht. Und im letzten Fall versuchen, es beim nächsten Mal besser zu machen.

Egal ob *Oh, wie schön ist Panama*, *Peter Hase*, *Gute Nacht, Willi Wiberg* oder *Das kleine Lamm:* Sophie liebte Bücher. Und da ihr jetzt viele andere Dinge nicht mehr möglich waren, ließ sie sich am liebsten Geschichten vorlesen. Manchmal überlege ich, ob sie mit zunehmendem Krankheitsbewusstsein aufgehört hat, ihren Daddy nach der Geschichte von *Mr. Bell's Fixit Shop* zu fragen. Wundern würde es mich nicht.

Eines Tages sahen wir uns zu dritt das Buch *Die Maus sucht ein Haus* an. Als wir die Stelle erreichten, an der die Maus einen Freund sucht, meinte Sophie, sie brauche zwei Freunde: »Mami und Daddy.«

Häufig sagte sie auch einfach so: »Ich hab Daddy lieb.« Oder: »Ich hab Mami lieb.«

Schon vor Ausbruch ihrer Krankheit war uns aufgefallen, wie aufmerksam sie uns beobachtete. Hatte ich Lidschatten aufgelegt, bemerkte sie das sofort und sagte: »Mami hübsche Augen.« Hatte ich mich besonders nett gekleidet, rief sie: »Mami schönes Kleid.« Oder fragte: »Mami Arbeit?«

Als Katrinas Eltern zwei Goldfische in einem runden Glasgefäß mitbrachten, taufte sie sie kurz entschlossen: »Sophiefisch und Daddyfisch.«

Eines Tages bemerkte sie einen kleinen weißen Anker auf meinem lila T-Shirt und schlug vor, ein gelbes T-Shirt mit blauem Anker zu kaufen.

»Für wen soll es denn sein?«

»Für Mami. Und Sophie und Daddy kommen mit.«

Für mich waren diese Liebesbekundungen wichtig, weil ich mich schuldig fühlte und Vergebung suchte. So klar hätte ich das damals jedoch noch nicht benennen können. Es waren diffuse, irrationale Gefühle. Dennoch waren sie da. Sophie würde in Kürze sterben, und es gab nichts, was Peter und ich tun konnten, um dies zu verhindern. Gar nichts. Wir würden sie schrecklich enttäuschen.

Wie sollte sie verstehen, dass wir ihr nicht halfen?

Wie damit zurechtkommen?

Dass es nicht in unserer Macht lag, Sophie zu heilen, spielte in meinem Erleben keine große Rolle, denn – so meine innere Argumentation – *wir* wussten das zwar, aber *sie* doch nicht.

Wie sehr ich mich in dieser Einschätzung täuschte, sollte ich erst später erfahren.

Unsere Tochter sagte jetzt mehrmals täglich, dass sie Mamis kleines Mädchen ist.

Redeten wir sie mit Kosenamen wie Sophiemäuschen, Schätzchen, Liebling oder gar, wie manchmal früher, mit kleiner Räuber an, korrigierte sie uns sofort: »Nein, Sophie Mamis kleines Mädchen.«

Bestätigten wir das nicht sofort, fing sie an zu weinen. Dann drückte ich sie an mich und sagte: »Natürlich bist du mein kleines Mädchen, und ich hab dich ganz doll lieb.«

Kurz vor Weihnachten passierte etwas, das sich in meine Erinnerung eingebrannt hat, als wäre es erst gestern geschehen. Ich saß am Esstisch, und Sophie lag auf meinem Schoß. Sie war unruhig, und es ging ihr nicht gut. Plötzlich begann sie, an meinem T-Shirt zu zerren und, erstmals seit fast zwei Jahren, wieder nach meinem Busen zu suchen und daran zu saugen. Eine Welle des Mitgefühls überrollte mich. Ich konnte ihren verzweifelten Wunsch, wie früher beim Stillen zur Ruhe zu kommen, fast körperlich spüren, und hätte ihr diesen Trost so gern gegeben. Aber sie ließ schnell wieder von meiner Brust ab und fing bitterlich an zu weinen.

Da nahm ich sie fest in meine Arme und wiegte sie hin und her. »Es ist in Ordnung, Sophielein. Du kannst ruhig ein bisschen an Mamis Brust nuckeln.« Aber sie konnte diesem Wunsch nicht nachgeben, wohl weil sie merkte, dass sie dafür schon zu groß war.

Was für ein schreckliches Dilemma.

Heiligabend bemerkte ich bei der Morgentoilette im Badezimmer: Aus meiner Brustwarze kam Flüssigkeit heraus.

Ich drückte.

Ja, wirklich.

Oh nein.

Mir war bekannt, dass dies ein Zeichen von Brustkrebs sein konnte, und ich bekam Angst.

Ich blickte auf und sah mich im Spiegel. Wie sehr Sophie und ich uns ähnelten. Die gleichen regelmäßigen Gesichtszüge, das gleiche glatte Haar, nur hatte sie viel mehr davon als ich. Ich sah auch schon ganz abgemagert aus. Einen Augenblick lang verschmolzen unsere beiden Gesichter miteinander, und ich stellte mir vor, ich wäre tot.

In heller Aufregung rief ich unsere Hausärztin an.

»Machen Sie sich keine Sorgen«, sagte Shirley. »Bei der Flüssigkeit, die aus Ihrer Brust kommt, handelt es sich wahrscheinlich nur um Milch. Aber ich würde Ihnen trotzdem zu einer Mammographie raten.«

Meine Nerven lagen blank.

»Das ist unmöglich«, antwortete ich.

Wenn ich Krebs hätte, könnte ich Sophie doch nicht allein lassen und mich einer Operation oder anderen Behandlung unterziehen. Das würde ich unter keinen Umständen tun. Deshalb war es besser, gar nicht zu wissen, ob ich krank war. Nach ihrem Tod würde ich genügend Zeit haben, mich um das Problem zu kümmern.

Nachdem ich mich etwas beruhigt hatte, sagte ein anderer Teil in mir, dass es vielleicht gar nichts Schlimmes war. Vielleicht hatte Shirley ja recht und die Flüssigkeit, die aus meiner Brust kam, war wirklich Milch. Vielleicht zeigte mein Körper mir so seine Bereitschaft an, mein immer dünner werdendes, sterbendes Kind zu nähren.

Ja, das ergab Sinn.

Das konnte es auch sein.

* * *

In Australien bringt Santa Claus die Geschenke in der Nacht vom 24. auf den 25. Dezember, und die Kinder packen sie am nächsten Morgen aus.

Erst überlegten Peter und ich, das Weihnachtsfest zu ignorieren, aber da es Sophies letztes sein würde, wollten wir es doch ein bisschen feierlich begehen.

Das war jedoch nicht einfach, denn unserer Tochter ging es mittlerweile sehr schlecht. Sie lag am Morgen des ersten Weihnachtstages nur teilnahmslos da und hatte kein Interesse daran, Geschenke auszupacken. Schließlich musste sie sich sogar heftig übergeben. Nachmittags schlief sie im Schatten der Veranda auf meinen ausgestreckten Beinen. Gegen drei Uhr kam Peters Schwester mit ihren vier Kindern aus Adelaide zu Besuch. Peter führte sie durch den Garten ins Haus. Um Sophie nicht zu wecken, sagte keiner ein Wort. Ich fühlte mich wie ein seltenes Tier im Zoo, als die fünf schweigend an uns vorbeigingen.

Dieser 25. Dezember war ein furchtbarer Tag. Meine Eltern, Peter und ich stritten wegen Kleinigkeiten miteinander herum. Vor einem Jahr war alles anders gewesen. Damals wohnten wir noch in unserer alten Wohnung in Neutral Bay, und meine Eltern waren ebenfalls zu Besuch bei uns. Wir feierten zusammen mit Sophies Nana und unseren damaligen Nachbarn mit ihrer Tochter Samantha. Unsere fröhliche Runde saß bei herrlichem Sommerwetter im Garten um einen großen Tisch herum, der mit leckeren Salaten, Fleisch, Obst, Süßspeisen und Getränken beladen war: essend, trinkend, plaudernd. Sophie und Dadanta plantschten in einem aufgeblasenen Plastikbecken oder saßen hintereinander auf dem Schaukelpferd, das Peter für unsere Tochter aus alten Hölzern gebaut hatte. Wenn ich heute daran denke, bekomme ich ein schlechtes Gewissen. Wie hatte ich mich aufgeregt, dass er so viel Zeit für die Herstellung dieses kleinen Pferdchens aufgewendet hatte.

»Warum können wir keins kaufen?«, hatte ich gefragt und versucht, ihn davon abzuhalten. »Wir haben doch so viele andere Dinge zu tun.«

»Weil es nicht dasselbe wäre. Ich möchte ihr eins mit meinen eigenen Händen bauen.«

Jetzt erinnere ich mich an Sophies leuchtende Augen, als sie das Schaukelpferd aus glänzendem hellbraunen Holz das erste Mal gesehen hatte. Zögernd hatte sie sich darauf gesetzt und vorsichtig zu schaukeln begonnen. Erst langsam, dann immer schneller. Wie sie sich freute. Und wie wichtig es für Peter gewesen war, das Pferdchen selbst hergestellt zu haben. Gut, dass er sich durchgesetzt hatte.

Nun stand das schöne Pferd einsam und verlassen da und schaute sich den Verlauf unserer Katastrophe mit starren Augen an.

Am zweiten Weihnachtstag ging es Sophie etwas besser. Ihre Halbschwester Joanne kam zu Besuch, und unsere Tochter wollte mit ihr vor unserem Haus tuschen. Peter stellte einen kleinen Tisch mit Farben, Pinseln und Wasser auf den Bürgersteig, und die beiden beschäftigten sich eine Weile damit.

Abends bekam Sophie ihre letzte Spritze. Die von Prof. Hackethal vorgeschlagene dreiwöchige Testphase war zu Ende, und Peter und ich hatten uns nach Rücksprache mit dem Kinderkrankenhaus entschieden, die Hormonbehandlung zu beenden, da sie zu keiner Besserung geführt hatte.

Wie würde unsere Tochter auf den Abbruch reagieren?

Würde sie ihn thematisieren?

Oder ignorieren?

In der folgenden Nacht lag ich wieder mit ihr zusammen im Bett. Sie seitlich vor mir, ich wie ein Löffelchen hinter ihr. Meinen freien Arm hatte ich lose um ihre Taille gelegt.

Es war ruhig, friedlich und warm.

»Kein Piks mehr?«, fragte Sophie unvermittelt.

»Nein, Mäuschen, nie mehr.«

»Ich kann laufen?«

Mir stockte der Atem. Bevor ich etwas erwidern konnte, beantwortete sie ihre Frage selbst: »Nein, Sophie krank.«

Sie gesteht es sich ein. Wie soll sie damit nur fertigwerden?

Nach einer Pause fügte sie hinzu: »Piks Bein nicht heil gemacht.«

Oh mein Gott! Sie weiß, dass die Spritzen keinen Erfolg gebracht haben.

Aber dann sagte sie ganz zuversichtlich: »Mami macht Sophie heil.«

Mein Herz fing an, schneller zu schlagen, und meine Gedanken rasten: Ich werde sie nicht gesundmachen können. Ich werde ihre Hoffnungen und Erwartungen bitter enttäuschen. Die normalen Hoffnungen und Erwartungen eines kleinen Kindes, das ganz selbstverständlich davon ausgeht, dass seine Eltern großes Leid von ihm fernhalten. Irgendwann wird Sophie klar werden, dass Peter und ich ihr nicht helfen. Nicht helfen können. Dass es nicht so ist, wie in *Mr. Bell's Fixit Shop*, ihrem Lieblingsbuch. Es wird schrecklich für sie sein, und sie wird es nicht verstehen.

Wird sie daran zerbrechen? Es uns übelnehmen?

Eigentlich hat es die Natur doch so eingerichtet, dass Kinder an der Illusion allmächtiger Eltern festhalten können, bis ihre Entwicklung weit genug fortgeschritten ist, um allein zurechtzukommen.

Wie soll ein kleines Kind damit fertigwerden, wenn es den Glauben an die Allmacht seiner Eltern so früh aufgeben muss?

Irgendwann schaffte ich es zu sagen: »Die Spritzen sind jetzt in deinem Po und in deinem Bein, und wir müssen warten, bis sie wirken. Manchmal dauert das ein bisschen.«

»Nicht dauert ein bisschen«, erwiderte Sophie, diesmal auf Deutsch. Ich kam mir vor wie eine Lügnerin. Ich kam mir nicht nur so vor. Ich war eine. Aber was hätte ich sonst sagen können? Wie soll man einem kleinen Kind, das keine Vorstellung vom Tod hat, erklären, dass es sterben wird?

Ich fühlte mich unsagbar schlecht und hilflos.

Am übernächsten Tag, es war ein Montag, kam Dr. Dawson zu uns nach Hause. Er hatte Sophie seit der ersten Hormonspritze nicht mehr gesehen. Wie erwartet, ergab seine Untersuchung, dass sich ihr Zustand verschlechtert hatte.

Dann erzählte er, was seine Kollegen auf dem Krebskongress in den USA zum Fall unserer Tochter gesagt hätten. Die einzige Behandlung, die theoretisch infrage komme, sei eine Knochenmarkstransplantation in Kombination mit einer sehr starken Chemotherapie. Dabei würde es sich jedoch um eine rein experimentelle Therapie handeln, mit einer sehr geringen Aussicht auf Erfolg.

»Aber der gesundheitliche Zustand Ihrer Tochter ist jetzt sowieso zu schlecht für einen solchen Versuch«, fügte Dr. Dawson hinzu.

Der Befund war keine Überraschung für uns, hatten wir

doch hautnah miterlebt, wie es Sophie, trotz der Spritzen, nach der ersten guten Woche von Tag zu Tag schlechter gegangen war.

Aber jetzt hatten wir es schwarz auf weiß: Die Hormonbehandlung von Prof. Hackethal war gescheitert, und es gab keine andere Heilung versprechende Therapiemöglichkeit mehr.

Unsere Tochter würde in Kürze sterben.

Definitiv.

Der Strandhut

»Wir müssen los. Katrina und die anderen Kinder warten schon«, rief ich.

»Beach«, sagte Sophie und flitzte Richtung Haustür.

Ich packte die Tasche mit den Strandutensilien in den Kofferraum unseres Autos, und Sophie kletterte auf die Rückbank und setzte sich in ihren Kindersitz.

Los ging es zu unserem wöchentlichen Treffen mit der Spielgruppe.

Wir hatten uns diesmal in Chinamens Beach verabredet, einem beschaulichen Strand, der fünfzehn Autominuten von unserem Haus entfernt lag. Dort gab es einen vorgelagerten großen Park mit hohen Bäumen, weit genug von der Straße und dem Wasser entfernt, sodass unsere Kinder gefahrlos spielen konnten.

Sophie lief sofort auf unsere Spielgruppe zu. Die Mütter hatten es sich schon auf ihren Decken gemütlich gemacht, und die Kinder buddelten eifrig im feinkörnigen weißen Sand.

Ich legte Schaufel, Eimer und Kuchenformen für Sophie bereit. Dann zog ich ihr ein langärmeliges T-Shirt über und schmierte ihre freien Körperstellen dick mit Sonnencreme ein.

»So, jetzt noch den Hut.«

Sophie ließ brav zu, dass ich ihr den Sonnenhut aufsetzte. Dann ging sie zu den anderen Kindern und fing an zu spielen.

Nach einer Weile nahm sie den Hut jedoch ab und legte ihn klammheimlich beiseite.

Wie immer.

Die anderen Mütter hörten auf zu reden und beobachteten interessiert, was weiter geschah. Ihre Kinder hatten die Hüte erst gar nicht auf- oder schon lange abgesetzt.

Ich begann, unsere Sachen zusammenzupacken und sagte: »Komm, Sophie, wir fahren nach Hause. Ohne Hut kriegst du einen Sonnenbrand, und wir können nicht hierbleiben.«

Zack, war der Hut wieder oben und blieb auch dort.

Zumindest bis zum nächsten Strandbesuch.

7

Es war nicht zu erwarten, dass sich Sophie so abgeklärt vom Leben verabschieden würde wie die alte Psychoanalytikerin, von der Judith Viorst in ihrem Buch *Mut zur Trennung* erzählt. Kurz vor ihrem Tod träumte diese Frau von einem Abendessen mit Freunden. Es schmeckte köstlich. Bevor sie mit dem Speisen fertig war, begann ein Kellner, den Tisch abzuräumen. Protestierend hob sie die Hand. Dann aber überlegte sie es sich anders. Ihre Mahlzeit war noch nicht zu Ende, und sie hätte gern noch mehr davon gehabt. Aber es war genug gewesen, und sie war bereit, auf den Rest zu verzichten.

Was für ein schönes Bild für den Abschied von einem erfüllten Leben.

Ganz anders erging es dem Vater der Schauspielerin und Sängerin Hildegard Knef. In ihrer Autobiografie *Der geschenkte Gaul* beschreibt sie sein Sterben nach dem Ende des Zweiten Weltkrieges, zu einer Zeit, in der das Leben hätte wieder beginnen können. Als der Tod nahte, wurde der Pfarrer geholt. Sanft nahm dieser ihren Vater bei der Hand. Es sei Gottes Wille, ihn zu sich zu nehmen, sagte er, und wollte dann mit ihm beten. Doch der Vater sprang auf, würgte den Pfarrer bis zur Bewusstlosigkeit und schrie, er sei achtundzwanzig Jahre alt, habe eine Frau und ein sechs Monate altes Kind. Dies könne nicht Gottes Wille sein. Der Pfarrer lüge. Dann brach er über ihm zusammen und starb.

Unsere kleine Sophie musste sich noch viel früher vom Leben verabschieden als Hildegard Knefs Vater. Mit nicht einmal drei Jahren.

Wie würde *sie* damit zurechtkommen?

Alles, was wir jetzt noch tun konnten, war, unsere Tochter auf ihrem Weg in den Tod zu begleiten. Uns in sie hineinzuversetzen, sie unser Mitgefühl und unsere Liebe spüren zu lassen und ihr die verbleibende Zeit so schön und erträglich zu machen wie möglich.

Aber würde es gelingen, ihre Schmerzen in den Griff zu bekommen?

Würde sie bis zum Schluss zu Hause bleiben können?

Würde sie friedlich sterben?

Dabei sorgten sich Peter und ich nicht nur um ihr körperliches Befinden, sondern auch um ihre Gefühle. Würden wir in der Lage sein, sie so sicher zu halten, dass sie psychisch intakt bleiben und ihre innere Mitte bewahren konnte, trotz des gnadenlosen körperlichen Auflösungsprozesses?

Da die Spritzen nicht geholfen hatten, schlug Dr. Dawson vor, Sophie zu sagen, dass der Morphiumsaft ihr Bein besser machen würde.

Kein guter Rat, denn sie begann, die Einnahme des Medikamentes daraufhin noch häufiger zu verweigern. Im Nachhinein frage ich mich, ob sie intuitiv wusste, dass ihr nichts mehr helfen konnte.

Jedenfalls flammte jetzt der alte Konflikt »Zwang versus Schmerzen« zwischen Peter und mir erneut auf. Geschürt wurde er von Sharon, die nach wie vor bei jedem Hausbesuch betonte, wie wichtig die Einnahme des Morphiums sei.

»Wenn Sie nicht dafür sorgen, dass Ihre Tochter regelmäßig Morphium nimmt, müssen *Sie* die Verantwortung übernehmen, wenn sie unerträgliche Schmerzen bekommt«, sagte sie und sah mich, wie mir schien, mit strengem Blick an.

Aber wie wir das ohne Zwang anstellen sollten, darüber hüllte sie sich in Schweigen. Rückblickend glaube ich, dass wir alle nervöser wurden und ängstlich in die Zukunft schauten.

Auch Sharon.

Was würde noch alles passieren?

Wieder fanden Auseinandersetzungen zwischen Peter und mir statt. Wieder sprachen wir mit erhobenen Stimmen und versuchten verzweifelt, uns wechselseitig von unseren Positionen zu überzeugen. Aus Sorge neigte er nach wie vor zu der Ansicht, Sophie zur Medikamenteneinnahme zu zwingen, obwohl er damit bei seinem ersten Versuch kläglich gescheitert war. Ich war vehement dagegen. Er wollte lieber Zwang als Schmerzen in Kauf nehmen, ich lieber Schmerzen als Zwang, obwohl auch ich Angst hatte, dass wir Sophies Schmerzen irgendwann nicht mehr in den Griff bekommen würden.

Unsere Streitgespräche waren vehement und ausdauernd, ohne dass wir eine gemeinsame Lösung fanden.

Aber es gab keinen Mittelweg. Dieses Mal setzte ich mich durch: kein Zwang.

Dafür übernahm ich die alleinige Verantwortung für die freiwillige Medikamenteneinnahme und für eventuell eintretende stärkere Beschwerden. Sophie trank dann zwar täglich ihren Morphiumsaft, aber weit weniger, als sie sollte. Die Menge, die sie zu sich nahm, schien jedoch zu reichen.

Jedenfalls im Moment.

Jahre später erkundigte ich mich bei einem befreundeten

Arzt, ob es weniger qualvolle Möglichkeit der Morphiumgabe gegeben hätte, und erfuhr, dass die orale Einnahme am risikolosesten und einfachsten durchzuführen ist, man jedoch auch Zäpfchen oder Spritzen hätte geben können. Aber Kinder würden sich auch dagegen mit Schreien, zusammengekniffenem Po und wütendem Toben zur Wehr setzen. Das Problem sei nicht einfach zu lösen.

Wir mussten Sophie nach wie vor viel tragen und heben, sodass mein Rücken oft schmerzte.

»Mamis Rücken besser?«, fragte sie jeden Tag. Verneinte ich das, hakte sie nach: »Ein bisschen besser?«

»Nein, noch nicht«, sagte ich dann meistens.

Diese Antwort schien sie ein wenig zu beruhigen. So als wäre sie nicht allein damit, eine Krankheit zu haben, die nicht heilte. Aber vielleicht war es auch anders herum, dass es mich beruhigte, ebenfalls von andauernden Schmerzen geplagt zu werden und ihr dadurch näher zu sein. Auf jeden Fall taten diese Gespräche über meine Rückenprobleme uns beiden gut.

Silvester kam, und ich nutzte unsere Jahreskarte, um mit unserer Tochter in den Toronga Zoo zu gehen. Toronga bedeutet in der Sprache der Ureinwohner Australiens, der Aborigines, »schöne Aussicht«, und es gibt wohl keinen passenderen Namen für diesen Tierpark, der inmitten einer üppigen Vegetation hoch oben auf der Landzunge Bradleys Head thront und Giraffen wie Besuchern einen atemberaubenden Blick auf den Hafen und das Opernhaus von Sydney ermöglicht.

Aber Sophie interessierte sich nicht für die Aussicht. Auch nicht für die Tiere. Sie saß in ihrem Buggy und betrachtete die vielen Kinder, die dort während der Schulferien fröhlich tobten, sich Worte zuwarfen und herumalberten. Aufmerksam und ohne etwas zu sagen sah sie ihnen zu.

Ich schob den Buggy weiter zu ihren australischen Freunden und platzierte ihn so, dass sie eine gute Sicht hatte.

»Sophie, guck mal, da sind die Kängurus und Wallabys.«

Wieder würdigte sie die Tiere keines Blickes.

Keines einzigen.

Stattdessen wandte sie den Kopf zur Seite und setzte ihre Beobachtung der Kinder fort. So als wären sie das eigentlich Exotische und Interessante, was aus ihrer Sicht ja auch stimmte.

Alle konnten laufen.

Nur sie nicht.

Ganz still saß sie da, und ich sah die Sehnsucht in ihren Augen und eine unendliche Traurigkeit. Als bekäme sie eine Ahnung davon, dass sie nie wieder würde gehen können.

Dass jedes Aufbäumen zwecklos war.

Dass sie verzichten musste.

Aber dann keimte anscheinend doch wieder ein Hoffnungsschimmer in ihr auf, denn sie fragte: »Mamis Rücken besser?«

»Nein, immer noch nicht.«

Mein armes Kind. Was es eigentlich wissen wollte war, wie es um sein Bein stand. Deshalb erkundigte ich mich, wie es diesem denn gehe. Es sei auch noch nicht besser geworden, erfuhr ich. Nach einer kurzen Pause erklärte ich mit schwacher Stimme, dass es lange dauert, aber irgendwann besser werden wird.

Lügnerin! Wieder war ich eine erbärmliche Lügnerin und fühlte mich unendlich schlecht. Aber ich durfte Sophie doch nicht jegliche Hoffnung nehmen. Im Nachhinein denke ich,

ich hätte ihren und meinen Kummer darüber, dass ihr Bein nicht besser geworden war und auch nicht besser werden würde, nicht durch laue Versprechungen, an die zu diesem Zeitpunkt wohl keiner von uns mehr glaubte, wegreden dürfen. Aber so weit war ich damals noch nicht.

Die Situation wurde unerträglich. Ich brach den Zoobesuch ab, und wir fuhren nach Hause zurück.

Beide traurig und allein.

Dort angekommen, drückte ich Sophie Peter in den Arm und suchte meine Mutter. Sie saß im Wohnzimmer und las ein Buch. Weinend erzählte ich ihr von unserem Ausflug: »Es war schrecklich! Sophie fängt an zu begreifen, wie es um sie steht, und ich konnte das nicht aushalten. Ich habe sie alleingelassen damit, und ihr dann auch noch erzählt, dass es wieder besser wird. Ich wusste nicht, was ich sagen sollte, fühlte mich so hilflos. Sie ist doch noch so klein. Wie soll sie denn verstehen, was los ist? Wie damit zurechtkommen? Das ist doch alles eine riesengroße Überforderung für sie.«

Ich war völlig aufgelöst und konnte mich gar nicht beruhigen. Meine Mutter nahm mich in ihre Arme und hörte mir zu.

Lange.

Und ich spürte auch ihre Tränen.

Abends saßen Peter, meine Eltern und ich wieder in unserem Familienzimmer. Sophie hing auf meinem Schoß. Sie war unruhig und wand sich hin und her. Ich reichte ihr ein Glas Morphiumsaft: »Komm Liebes, trink, dann geht dein Aua weg.«

»Nein.«

Dann verlangte sie zum ersten Mal seit langer Zeit wieder nach einer Flasche, und Peter lief los, um eine zu kaufen.

Als ich ihr kurz darauf die mit Milch gefüllte Flasche reichte, sagte sie: »Mami halten.«

Aber als ich versuchte, sie wie ein Baby in den Arm zu nehmen und ihr die Flasche zu geben, drehte sie ihr Gesicht weg und begann, bitterlich zu weinen.

Es war wie neulich, als sie wieder meine Brust suchte. Sie fühlte sich klein und hilflos und sehnte sich danach, wieder in meinen Armen zu liegen und die Flasche zu bekommen. Gleichzeitig merkte sie, dass sie dafür schon zu groß war, und konnte sich deshalb nicht darauf einlassen. Ich versuchte, sie beruhigend zu wiegen, und sagte: »Du bist doch Mamis kleines Mädchen und kannst die Flasche ruhig nehmen.«

Aber alles Zureden nützte nichts. Sophie konnte ihrem Wunsch, wieder ein Baby zu sein, nicht nachgeben. Es war herzzerreißend, ihren Kampf um den Erhalt ihrer bereits erworbenen Autonomie mit anzusehen: Sie hatte stehen, laufen, sprechen gelernt. Konnte allein essen, trinken und aufs Töpfchen gehen. Ganz deutlich sah ich ihr stolzes Lächeln vor mir, als sie zum ersten Mal in ein Töpfchen piescherte und uns später sogar ihr erstes großes Geschäft darin präsentierte. Gar keine Windel mehr zu brauchen war ein weiterer Schritt in Richtung Selbstständigkeit gewesen. Und das sollte sie jetzt alles aufgeben, wo sie es doch gerade erst erlernt hatte?

Niemals.

Um Mitternacht wurde das neue Jahr wieder mit dem weltberühmten Sydneyer Feuerwerk eingeleitet. Wir waren nicht dabei. Aber im Hafen fanden sich Hunderttausende von Menschen ein, um vor der Kulisse des segelnden Opernhauses und der Harbour Bridge die spektakulären Lichtformationen zu bewundern und dabei leise ihre individuellen Wunschgebete zu flüstern. Die Luft war von Sehnsüchten und Hoffnungen geschwängert.

Was würde das neue Jahr bringen?

Ich hatte nur einen einzigen Wunsch: Dass unser kleines Mädchen ruhig und friedlich sterben möge, sicher gehalten in Peters und meinen Armen.

***

Neujahr bekam ich ein unverhofftes Geschenk. Es war kurz nach dem Mittagessen, und Sophie und ich lagen zusammen auf dem Bett. Ich las ihr ein Buch vor, und sie schien sich endlich einmal wieder wohlzufühlen, zumindest besser als sonst. Jedenfalls schob sie ihren Arm unter meinen Kopf, sodass ich in ihrer Armbeuge lag. Manchmal umarmte sie mich dabei auch noch mit ihrem anderen Arm. Alle paar Minuten ließ sie mich kurz los, aß eine Spaghetti vom kaum angerührten Mittagessen und umarmte mich wieder. Weiter ging es mit dem Lesen. Zwischendurch summte sie ein Lied, was sie schon lange nicht mehr getan hatte.

Ich war unendlich glücklich, sie noch einmal so erleben zu dürfen.

Im Nachhinein denke ich, dass dies ein Abschied war.

An den Folgetagen verabschiedete sie sich auch von anderen Menschen und Aktivitäten, die ihr etwas bedeutet hatten. Aber das war uns damals ebenfalls nicht klar.

Als Erstes wollte sie in die Bücherei von Mosman fahren, in der ich früher regelmäßig mit ihr gewesen war: »Sophie Bücherhalle«, rief sie.

Dort angekommen, trug Peter sie in die Kinderabteilung.

Früher war sie immer vorausgelaufen und hatte sich selbst vor das niedrige Regal für die kleinen Gäste gestellt. Ob sie sich jetzt daran erinnerte? Unruhig wand sie sich auf dem Arm ihres Daddys hin und her. Als dann auch noch *Pat the postman* ausgeliehen war, fing sie an zu weinen.

Schnell fuhren wir nach Hause zurück.

Am nächsten Tag fragte sie nach ihrer australischen Oma: »Nana besuchen.«

Nur zögernd willigten Peter und ich ein, die dreiviertelstündige Autofahrt nach Epping auf uns zu nehmen, denn wir fürchteten, dass Sophie die Fahrt überfordern könnte. Die Sorge war jedoch unbegründet, denn wir erlebten dort einen sehr entspannten Nachmittag. Zuerst lasen ihr die Kinder von Peters Schwester, die dort immer noch zu Besuch waren, etwas vor, und Sophie schien dies zu genießen. Nach einer Weile rief sie: »Swimmingpool.«

Peter nahm sie auf den Arm, und wir gingen zu dem kleinen, flachen Schwimmbecken, in dem sie oft in der Apartmentanlage ihrer Nana geplanscht hatte.

Wenig später dann die präzise Anweisung: »Spielplatz in Nanas Auto.«

Wunschgemäß stiegen wir in das Auto von Peters Mutter und steuerten den Spielplatz an. Aber kaum waren wir dort, sagte Sophie: »Bücher kaufen«, und wir fuhren in das Geschäft, in dem sie von ihrer Nana immer ihre geliebten »Golden Books« bekommen hatte.

»Viele«, rief sie und griff sich gleich einen ganzen Haufen dieser kleinen Büchlein.

Dies war Sophies Abschied von ihrer Nana. Sie hatte darauf bestanden, viele der Aktivitäten, die diese während ihrer gelegentlichen Babysitterzeiten mit ihr unternommen hatte, ein letztes Mal mit ihr zu teilen.

Am nächsten Tag wollte sie Katrina sehen. Als ihre kleine Freundin mit ihren Eltern bei uns eintraf, überlegten Peter und ich, wie wir die beiden Kinder am besten beschäftigen konnten, jetzt, wo Sophie so schwach war und Katrina so forsch. Wie konnte diese Begegnung zu einem angenehmen Erlebnis werden?

»Wir fahren sie in ihren Buggys spazieren«, schlug Peter vor. Und so gingen wir noch einmal alle zusammen um den Block. Es war ein gemächlicher Spaziergang. Wir Erwachsenen sagten wenig, und auch die Kinder saßen in sich gekehrt da und waren still. Sogar Katrina. Trotzdem, oder vielleicht gerade wegen dieser Ruhe, schien Sophie die Ausfahrt ein kleines bisschen genießen zu können.

Dann wollte sie zu Katrina nach Hause, um ihr Kaninchen zu sehen, und zwar im Auto von deren Eltern. Während der Fahrt dorthin wirkte sie übertrieben euphorisch und lachte schrill. Aber für das Kaninchen interessierte sie sich dann doch nicht.

Sophie und Katrina legten sich im Kinderzimmer zusammen aufs Bett, und Brenda, Katrinas Mutter, las ihnen eine Geschichte vor. Ich ging hinaus und ließ die drei noch einmal allein, so wie früher einige Male, als ich etwas zu erledigen gehabt hatte.

Kurze Zeit später wollte unsere Tochter Sophies und Daddys Coffeehouse besuchen. Und so fuhren wir nach Darlinghurst.

Im Café war es brechend voll, aber wir hatten Glück und ergatterten einen freien Tisch. Peter holte Kaffee für sich und mich und in alter Gewohnheit ein Rosinenbrot für Sophie, denn ich hatte immer darauf geachtet, dass sie wenig Zucker zu sich nahm.

Wie unwichtig das jetzt war.

Um uns herum drängten sich die Menschen. Sie redeten, lachten, aßen und tranken.

»Sophie laufen«, rief unsere Tochter unvermittelt.

Ich versuchte, sie davon zu überzeugen, doch lieber auf meinem Schoß zu bleiben. Aber sie wollte nicht. Also stand ich auf und stellte sie in dem ganzen Gedränge auf den Boden. Dann löste ich meine Hände vorsichtig ein paar Zentimeter von ihrem Körper. Unsere Tochter machte ein paar Schritte, strahlte und schrie: »Ich kann laufen.«

Wenn ich sie nicht schnell gepackt hätte, wäre sie umgefallen. Die nahestehenden Gäste konnten ihren Aufschrei bestimmt nicht nachempfinden. Sie sahen ein kleines Kind, das sich über seine Mobilität freute. »Na und?«, werden sie gedacht haben, »was ist so besonders daran?«

Für Sophie war es etwas sehr Besonderes.

Denn an diesem 7. Januar hat sie das letzte Mal in ihrem Leben einen Fuß vor den anderen gesetzt.

Am kommenden Tag wollte sie noch einmal zu Katrina. Als wir dort ankamen, war sie jedoch unruhig, verbrachte aber eine Weile damit, sich mit ihr über Farben zu unterhalten. »Magst du pink?« – »Magst du blau?« – »Magst du grün?« Und Katrina saß ganz betroffen da und antwortete immer nur mit »Ja«. Als Sophie anschließend auch noch Hals über Kopf nach Hause drängte, fing ihre kleine Freundin bitterlich zu weinen an. Ob sie gespürt hat, dass diese Begegnung ein Abschied für immer war?

Ein paar Tage später fragte Sophie nach dem früheren Nachbarsmädchen aus Neutral Bay mit dem schwer auszusprechenden Namen. Als Dadanta mit ihren Eltern kam, lag sie schwach im Bett, hielt sich einen angewinkelten Arm vors Gesicht und guckte darunter hervor. Merkwürdigerweise hatte ich das Gefühl, dass sie sich schämte. Ob es auch schon für kleine Kinder unangenehm ist, sich in einem so desolaten Zustand zu präsentieren? Nach einer Weile bat Sophie Dadanta, sich auf ihre Bettkante zu setzen, aber diese wollte nicht. Sie verschwand in der Küche, kam aber später kurz zurück. Das war das letzte Mal, dass sich die beiden Mädchen trafen.

In und um uns wurde es immer dunkler, und unsere Angst stieg.

Wie würde es weitergehen?

Was würde noch alles kommen?

An einem der folgenden Abende lag Sophie beim gemeinsamen Abendessen wieder in meinem Schoß. Das Telefon klingelte. Peter eilte ins Wohnzimmer und holte meine Mutter an den Apparat: »Ein Anruf aus Deutschland.«

Als sie zurückkam, blieb sie im Türrahmen stehen.

»Ist etwas passiert?«, fragte ich.

In ihrem Gesicht konnte man wieder genau ablesen, was in ihr vorging. Ich sah eine unbändige Freude darin und gleichzeitig ein Bemühen, diese zu dämpfen. So als dürfte sie sich nicht freuen.

Nicht jetzt, wo ihre Enkelin im Sterben lag.

Und doch war es so.

Zögernd erzählte sie, dass mein Bruder und seine Partnerin ein Kind erwarteten.

Leben und Tod so nah beieinander. Mein Bruder und seine Lebensgefährtin würden Vater und Mutter werden, meine Eltern wieder Oma und Opa und ich Tante. Ein kleines Licht leuchtete von außen in unsere Finsternis hinein. Aber auf eine eigenartige Weise intensivierte diese Nachricht auch meinen Schmerz.

Sanft strich ich unserer Tochter über den Kopf und drückte sie an mich.

Warum nur?

Warum?

***

»Sophie Balmoral Beach.«

»Sophie Eis essen.«

»Sophie Enten füttern.«

»Sophie Spielplatz.«

Unsere Tochter verlangte weiterhin nach immer neuen Ausflügen. Aber etwas hatte sich verändert. Kaum waren wir an den jeweiligen Orten, wollte sie wieder nach Hause.

Es war furchtbar.

Oft mussten wir schon am frühen Morgen mit ihr zum Kiosk gehen. Manchmal hatte er noch geschlossen, und wir vertrieben uns die Wartezeit, indem wir ein paar Runden mit dem Buggy um den Block fuhren. Sophie suchte sich immer ein bestimmtes Eis aus und benannte es nach der Farbe: »Rotes Eis.« Oder: »Weißes Eis.«

Aber gegessen hat sie schon keins mehr davon.

Bei einem dieser Ausfahrten fiel uns etwas Ungewöhnliches auf. Wir kamen aus dem Haus und gingen unsere Straße entlang in Richtung Canrobert Street. Vor der Kreuzung streckte Sophie ihren Zeigefinger aus und wies nach vorn.

»Sieh mal, was sie da tut«, sagte Peter.

»Vielleicht will sie uns zeigen, wohin sie geschoben werden möchte«, antwortete ich.

Also kreuzten wir die Straße und gingen geradeaus weiter.

Der gestreckte Zeigefinger verschwand.

An der nächsten Weggabelung blieben wir stehen. Sophies Finger wies nach rechts. Dann nochmal nach rechts. Später nach links und so weiter.

Wieder kämpfte unsere Tochter darum, so viel Kontrolle wie möglich zu behalten. Wenn sie schon nicht mehr laufen konnte, wollte sie wenigstens bestimmen, wohin die Reise ging. Und da ihr das Sprechen schwerfiel, griff sie halt auf die Zeichensprache zurück. Wir erfüllten ihr ihre Wünsche natürlich gern und guckten an jeder Kreuzung, wohin ihr Finger zeigte, um den Buggy dann in die gewünschte Richtung zu schieben.

Schließlich kam der Zeitpunkt, an dem auch solche Ausfahrten nicht mehr möglich waren. Sophie wollte zwar immer noch überallhin, aber sobald sie im Buggy oder Auto saß, rief sie »Nach Hause«, und wir mussten sie ins Bett zurücktragen.

Im Nachhinein glaube ich, dass diese rastlose Zeit schlimmer für sie war als das, was danach kam. Aber auch meine Eltern, Peter und ich waren am Ende unserer Kräfte.

Mitte Januar konnte unsere Tochter überhaupt nicht mehr aufstehen. Nachdem sie die letzten Wochen in unserem Ehebett geschlafen hatte, wollte sie tagsüber jetzt manchmal zurück in ihr eigenes Bett. Aber auch das fühlte sich nicht richtig an, und so ging es hin und her: unser Bett, ihr Bett, unser Bett, bis sie sich endlich entschied, in Peters und meinem Bett zu bleiben.

Um diese Zeit herum durften wir im Haus nichts mehr verändern. Als Peter einmal ein Bild aufhängen wollte, schluchzte Sophie: »Nein, Daddy, kein Bild.«

Ich kann mich an die einzelnen Situationen nicht mehr erinnern, aber ich weiß, dass sie sich mit lautem Weinen gegen jegliche Veränderung wehrte, mochte sie auch noch so klein sein. Da verstanden Peter und ich: Wir mussten Sophies häusliche Umgebung so lassen, wie sie war. Vermutlich war in ihr so viel in Auflösung begriffen, dass wenigsten das Äußere stabil bleiben musste.

Peter nahm sich die Reaktion unserer Tochter so sehr zu Herzen, dass er sich nach ihrem Tod nicht mehr in der Lage sah, unser Haus weiter zu renovieren. »Nein, Daddy, nein«, erklang es vermutlich in seinem Inneren, sobald er nur daran dachte, ein Werkzeug ohne seine frühere Helferin in die Hand zu nehmen. Und so entwickelte sich das Haus, der Inbegriff unseres einstigen familiären Lebens, nach Sophies Tod kaum weiter, sondern blieb ein steinernes Denkmal unseres Verlustes.

Aber dafür fanden wir keine Worte.

Damals nicht und später auch nicht.

Es gab nur einige wenige Ausnahmen. So überreichte mir Peter zu meinem 38. Geburtstag, dem ersten ohne unsere Tochter, einen Umschlag. Ich öffnete ihn und fand darin eine Zeichnung, auf der er unser Familienzimmer mit dem schachbrettartigen Fußboden gemalt hatte. Darauf den mit einer Blumenvase geschmückten Esstisch, an dem wir mit Sophie so oft gesessen hatten und um den herum es jetzt so einsam geworden war. Aber anders als in der Realität, wurde das Zimmer von strahlendem Sonnenlicht durchflutet. Es kam von der Decke, und unten auf das Bild hatte Peter geschrieben: »Es tut mir leid, dass dies das einzige Licht ist, das ich dir im Moment bringen kann.«

Sein Geschenk war ein großes Oberlicht, und er baute es am nächsten Wochenende gleich ein.

»Sophie schläft«

»Bye bye.«

»Bye bye, Sophie. Bis nächste Woche.«

Es war kurz nach elf Uhr, und das wöchentliche Treffen unserer Spielgruppe in Chinamans Beach war wieder einmal zu Ende.

Gut gelaunt gingen Sophie und ich zu unserem Auto zurück. Ich schnallte sie in ihrem Sitz an und fuhr los.

Normalerweise döste sie während der Fahrt nach wenigen Minuten ein. Das musste ich auf jeden Fall verhindern, denn sonst würde sie zu Hause nicht mehr schlafen und den ganzen Nachmittag müde sein und quengeln. Dazu hatte ich keine Lust. Also begann ich sofort damit, sie mit meiner Wachhaltestrategie zu traktieren, und redete ununterbrochen auf sie ein: »Gleich sind wir zu Hause, Mäuschen. Nicht einschlafen. Wir essen zu Mittag, und dann kommst du in dein Bettchen und schläfst schön.«

Während ich sprach, beobachtete ich im Rückspiegel ihre Augen. Der Plan war, meine Anstrengungen zu verstärken und an ihrem Sitz zu rütteln, sobald sie kleiner würden und sich zu schließen drohten.

Aber so weit war es noch nicht.

Wir erreichten die Einkaufsstraße von Mosman. Gleich würden wir zu Hause sein. In Gedanken setzte ich meine Tochter bereits in ihren roten Hochstuhl und servierte das Essen.

Da hörte ich eine piepsige Stimme vom Rücksitz: »Sophie schläft.«

Oh nein.

Wie von der Tarantel gestochen, griff ich mit einer Hand nach hinten und begann, den Kindersitz heftig zu schütteln.

Da hörte ich ein leichtes Glucksen und sah im Rückspiegel, wie Sophie mich beobachtete und schelmisch grinste.

Unsere Blicke trafen sich, und wir prusteten beide los.

»Da hast du mich aber reingelegt«, sagte ich.

Sophie wippte mit ihren Beinen und lächelte vergnügt.

8

Mitte Januar nahmen Sophies Schmerzen drastisch zu.

Dr. Dawson instruierte uns, das Morphium nach einem festen Plan zu erhöhen. Aber obwohl wir seine Angaben genau umsetzten, litt Sophie weiter.

»Genau davor habe ich Angst gehabt«, sagte Peter. »Wenn es stimmt, was Sharon immer betont, wird es jetzt eine Weile dauern, bis sich eine höhere Morphiummenge im Blut aufgebaut hat. Und so lange wird sie sich quälen.«

»Aber was hätten wir denn anderes tun sollen? Deine Zwangsaktion hat doch auch nichts gebracht«, verteidigte ich mich.

In diesem Moment klingelte es an der Haustür. Sue aus der Spielgruppe war gekommen, um unserer Tochter etwas vorzulesen. Sie war gelernte Krankenschwester. Als sie Zeugin unserer Debatte wurde, sagte sie, man könne jemanden mit zu viel Morphium auch töten.

So eine Äußerung hatte uns gerade noch gefehlt.

»Aber was sollen wir denn machen?«, fragte ich verängstigt, »natürlich wollen wir ihr nicht schaden, aber sie soll doch auch keine Schmerzen haben.«

Zum Glück hatte Peter einen klareren Kopf. »Wir können ihr durch eine höhere Morphiumgabe überhaupt nicht schaden, weil sie sowieso sterben wird«, sagte er. »Wir können ihr nur schaden, indem wir sie leiden lassen. Und um das zu verhindern, müssen wir die Dosis weiter erhöhen. Lass uns im Krankenhaus anrufen und nachfragen.«

Er hatte recht.

Dr. Dawson riet zu einer weiteren schrittweisen Erhöhung. Aber es sollte bis zum Abend des nächsten Tages dauern, bis sich die gewünschte Wirkung einstellte und Sophie schmerzfrei war.

Wir ließen sie jetzt auch tagsüber keine Minute mehr allein. Peter oder ich lagen immer neben ihr in unserem Schlafzimmer auf dem Bett, oder meine Eltern setzten sich eine Weile zu ihr. Dabei bemühten wir uns alle, eine entspannte Atmosphäre herzustellen und wenig oder mit leiser, ruhiger Stimme zu sprechen und hektische Bewegungen zu vermeiden. Ich versuchte, alle quälenden Gedanken abzuschalten und mich nur auf das Hier und Jetzt zu konzentrieren. Jeden Moment mit meiner Tochter zu genießen, als gäbe es kein Gestern und kein Morgen.

Sharon kam zu ihrem nächsten Hausbesuch. Als sie uns so friedlich zusammen auf dem Bett liegen sah, schlug sie vor, Fotos davon zu machen. Sie wisse zwar, dass wir Sophies körperlichen Verfall nicht bildlich dokumentieren wollten, aber es sei ein sehr berührender Anblick, und vielleicht werde es uns nach ihrem Tod helfen, die Bilder zu haben.

Als ich die Fotos später betrachtete, sah ich die Innigkeit, von der Sharon sprach: Peter oder ich liegen mit Sophie auf dem Bett, und wie sie haben wir unsere Augen meist geschlossen. Man erkennt, wie heiß es damals war, denn wir sind luftig gekleidet, und Sophie trägt nur ein dünnes Hemdchen oder T-Shirt mit einer Windel. Auf allen Fotos sucht sie Körperkontakt zu uns: Mal umklammert sie einen meiner Finger oder legt ihre Hand unter meinen Kopf. Auf einigen Fotos hat sie ihre dünnen Ärmchen um Peters Hals geschlungen.

Ein Bild zeigt, wie Sophie und ich einander zugewandt auf dem Bett ruhen. Ich liege etwas höher als sie und mit leicht angewinkelten Beinen wie in einem Halbkreis um sie herum. Sophie hat ihr Gesicht zu meiner Brust gedreht, und mein Kopf schmiegt sich von oben an den ihren. Wir sehen friedlich aus. Meine Hand umfasst ihr Bein, sodass sich der Kreis schließt.

Wie sehr wir uns ähneln und wie eng und liebevoll wir miteinander verbunden sind. Ein sterbendes Kind und seine Mutter. Wir sehen aus, als würden wir bis in alle Ewigkeit so liegen bleiben.

Bewegungslos.

Zeitlos.

Auf einem anderen Foto liegt Sophie in einem königsblauen T-Shirt auf dem Rücken und umklammert einen Finger ihres Daddys. Von Peter sieht man nur seine riesigen Hände, die wie ein ausgebreiteter Fächer auf ihrem Körper ruhen und ihr Halt geben.

Heute bin ich froh, diese Fotos zu haben. Sie sind Zeugen dafür, dass es neben den qualvollen Zeiten, an die ich mich mit so großer Klarheit erinnere, auch Phasen der Ruhe und des innigen Beisammenseins gegeben hat.

Sogar zum Schluss noch.

Ein Foto treibt mir bis heute die Tränen in die Augen. Auf ihm liegt der große und starke Peter, der Mr. Fixit unserer Familie, in Sophies abgemagerten Ärmchen und weint herzzerreißend.

Natürlich sollen Eltern ihre Kinder trösten und nicht umgekehrt. Aber vielleicht war es wichtig für unsere Tochter, gelegentlich zu sehen, wie hilflos und traurig auch Peter und ich uns fühlten.

Während meiner psychoanalytischen Weiterbildung viele Jahre später zeigte ich diese Fotos meinem Lehranalytiker. Sie erinnerten ihn an Pietàs. Als er mir das mitteilte, wurde ich innerlich überflutet von Darstellungen der Mutter Maria mit dem Leichnam ihres Sohnes Jesus auf dem Schoß, so wie ich sie aus unzähligen Kirchen, Museen und Bildbänden kannte. Aber was sollten diese Pietàs mit mir und den Fotos zu tun haben, zumal ich mich mit dem Glauben ja schwertat?

Nach kurzem Nachsinnen wurde mir jedoch klar, dass sie ein universal menschliches Thema zum Ausdruck bringen. Die Trauer einer Mutter um ihr totes Kind. In unserem Fall ging es zwar auch um väterliche Tränen, und das Kind war noch nicht tot. Aber der unmittelbar bevorstehende Verlust war bereits präsent und auf den Fotos eindeutig erkennbar. Obwohl es sich anfühlte, als wären nur wir betroffen – gefühlt durften ja alle anderen Kinder leben –, drückt sich in Pietàs ein Leid aus, das zum Menschsein dazugehört.

Seit dieser Äußerung meines Analytikers interessiere ich mich in besonderem Maße für Pietàs. In der Neuen Wache, der zentralen Gedenkstätte für die Opfer von Krieg und Gewaltherrschaft in Berlin, steht eine vergrößerte Nachbildung der Pietà »Mutter mit totem Sohn« von Käthe Kollwitz. Sie hat sie zwanzig Jahre nach dem Tod ihres Sohnes Peter geschaffen. Es berührt mich jedes Mal sehr zu sehen, wie diese Mutter bei Wind und Wetter in der offenen Halle sitzt und den gesamten Körper ihres toten Kindes umfängt.

So wie sie es im Mutterleib getan hat.

So wie wir Sophie in ihren letzten Lebenstagen häufig gehalten haben.

Auch betrachte ich gern Abbildungen der Pietàs von Michelangelo. Am meisten fasziniert mich die unvollendete Rondanini-Pietà, sein Alterswerk. Für sie gab es keinen Auftraggeber, was für die damalige Zeit ungewöhnlich war, und der fast neunzigjährige Michelangelo hat noch bis kurz vor seinem Tod an ihr gearbeitet. Mutter und Sohn sind in diesem Kunstwerk unlösbar miteinander verbunden. So als ob die Mutter ihren Sohn wieder in sich aufnehmen und er sich in sie hineinfallen lassen möchte. Nur seine Beine drücken einen gegenteiligen Impuls aus, denn sie streben ein wenig vom mütterlichen Körper weg. Nach Paolucci, einem der Autoren des schönen Bildbandes *Michelangelo. Die Pietà*s, hat sich der alte Künstler in der Rondanini-Pietà mit dem uralten Gedanken »des Todes als Rückkehr zum Ursprung des Lebens und somit auch zur Mutter« auseinandergesetzt. Vielleicht rührt mich diese Pietà so an, weil ich dabei an Sophie denke, wie sie gegen Ende ihres Lebens einerseits wieder an meiner Brust liegen und wie ein Baby mit mir verschmelzen wollte, sich andererseits aber auch verzweifelt gegen diesen Wunsch gewehrt hat.

Kunstwerke können Gefühlen eine Form geben und etwas in uns zum Klingen bringen. Wenn wir sie sehen oder hören, fühlen wir uns manchmal auch in unseren widersprüchlichen Empfindungen bis auf die Grundfesten verstanden, selbst wenn wir nicht in der Lage sind, sie in Worte zu fassen.

Ein solches Erlebnis sollte ich nach Sophies Tod mit einem Musikstück haben, an das mich Hella, die emotionale Begleiterin meiner Eltern, herangeführt hatte. Jahrelang hörte ich es morgens beim Frühstück, abends nach der Arbeit und besonders gern in der Badewanne, in der ich damals viel Zeit verbrachte. Meist nahm ich die CD gar nicht aus dem Abspielgerät heraus, sondern drückte nur wieder die Play-Taste. So wurde das darauf vertonte Stück für lange Zeit zur Begleitmusik meines täglichen Lebens.

Ich wusste nicht, was ich da hörte. Noch, warum ich mich in diese Musik jeden Tag aufs Neue wie in einen wärmenden Mantel hüllte. Das änderte sich erst, als ich Hella gegenüber Jahre später beiläufig erwähnte, dass ich die CD immer noch mehrmals täglich abspiele, und sie interessiert fragte: »*Stabat Mater* von Pergolesi?«

Es handelte sich um die Vertonung eines mittelalterlichen Gedichtes, das den Schmerz der Mutter Maria beschreibt, den sie angesichts der Kreuzigung ihres Sohnes Jesus erlebt.

Mir wurde klar, dass ich mich über das Hören dieser Musik jahrelang mit dem Sterben meines Kindes beschäftigt hatte.

Jeden Tag aufs Neue.

Obwohl ich den Wortsinn nicht verstanden hatte – es wurde in lateinischer Sprache gesungen –, musste ich der Musik entnommen haben, dass es dabei um Gefühle ging, die mich unmittelbar betrafen.

Um die Gefühle einer Mutter, deren Kind stirbt.

Und so hatte mir diese ergreifende Musik nach Sophies Tod sehr geholfen. Es war, als hätte ich außerhalb von mir gehört, was innerlich in mir vorging. Was es genau war, hätte ich zu der Zeit nicht sagen können, da es zu diffus und schmerzhaft war. Wenn ich heute darüber nachdenke, kommt mir dieses Musikstück wie ein einfühlsames Gegenüber vor, das meinen Gefühlen einen Klang verlieh, sie in ihrer ganzen Vielfalt modulierte und mir akustisch zurückspiegelte. Wie eine Mutter, die ihr verzweifeltes Kind liebevoll hält und ihm hilft, die diffusen und unerträglichen Gefühle auszuhalten und zu verstehen.

»Sie beide sehen auf den Fotos aus wie Pietàs.« Durch diese Worte meines Analytikers gewann die Bearbeitung meiner Trauer eine größere Tiefe, und ich erzählte ihm zum ersten Mal, dass ich jahrelang mehrmals täglich die Komposition *Stabat Mater* gehört hatte. Zuvor hatte ich, obwohl ich ihn in der Zeit viermal wöchentlich sah, nicht darüber sprechen, geschweige denn nachdenken können. Es ging mir wohl wie den Fischen in der Parabel von David Foster Wallace: »Schwimmen zwei junge Fische des Weges und treffen zufällig einen älteren Fisch, der in der Gegenrichtung unterwegs ist. Er nickt ihnen zu und sagt: ›Morgen, Jungs. Wie ist das Wasser?‹ Die zwei jungen Fische schwimmen eine Weile weiter, und schließlich wirft der eine dem anderen einen Blick zu und sagt: ›Was zum Teufel ist Wasser?‹«

Für mich gehörte das *Stabat Mater* in dieser schlimmen Zeit meiner noch rohen, unbearbeiteten Trauer genauso selbstverständlich zu meinem Leben wie das Wasser für die Fische.

* * *

Die Ärzte hatten Sophie bei der Diagnose acht bis zwölf Wochen Lebenszeit vorhergesagt. Zehn davon waren bereits vergangen. Aber Peter und ich beschäftigten uns nicht damit, da die täglichen Anforderungen unsere ganze Kraft in Anspruch nahmen.

Wie jeden Tag lag ich dann auch an diesem mit unserer Tochter auf dem Bett. Es fühlte sich friedlich an, denn sie schien keine Schmerzen zu haben. Plötzlich öffnete sie die Augen, zeigte mit dem Finger auf die Zimmerdecke und sagte »kleines Mädchen da oben«.

»Wartet es auf dich? Will es mit dir spielen?«

»Nein«, antwortete sie und schüttelte energisch den Kopf.

Ich fragte nicht nach, was sie sonst mit ihrem Hinweis auf das Mädchen sagen wolle, denn sie hatte die Augen bereits wieder geschlossen. Kurz nach ihrem Tod erzählte ich der Sterbe- und Todesforscherin Elisabeth Kübler-Ross von dieser Situation. Sie war gerade in Sydney, und eine der Frauen aus der Spielgruppe hatte diesen Termin für Peter und mich organisiert. Dr. Kübler-Ross lächelte und sagte, dass sie solche Erfahrungen von ihren Untersuchungen mit Menschen kennt, die Nahtoderfahrungen gemacht haben. Diese hätten berichtet, ihre Körper verlassen und von bereits verstorbenen Angehörigen oder Bekannten empfangen worden zu sein. Bei Kindern, deren nahe Verwandte noch lebten, hätten ein persönlicher Schutzengel oder ein religiöses Wesen »auf der anderen Seite« auf sie gewartet. Dr. Kübler-Ross meinte, Sophie habe gewusst, dass ich das kleine Mädchen an der Decke nicht sehen konnte, und sich deshalb nicht auf ein Gespräch mit mir darüber eingelassen.

Es ist ein tröstliches Bild für Eltern, dass ihr Kind den Weg vom Leben in den Tod nicht allein geht, sondern in liebevoller Begleitung. Aber Peter und ich deuteten das kleine Mädchen an der Decke eher als Zeichen dafür, dass sich bei unserer Tochter Gehirnmetastasen gebildet und zu Halluzinationen geführt hatten.

Was würde *noch* alles kommen?

Für alle Fälle stellten uns Mitarbeiter des Kinderkrankenhauses schon einmal ein Sauerstoffgerät ins Haus.

Ein paar Tage später kam unsere betagte Nachbarin, um sich von unserer Tochter zu verabschieden. Sie war vor mehreren Jahrzehnten aus Südeuropa nach Australien eingewandert. Bei unserem Einzug hatte sie von ihrem Sohn erzählt, der vor vielen Jahren gestorben sei. Und obwohl dies schon lange zurücklag, liefen ihr ein paar Tränen die Wange herunter, als sie davon sprach. Ich hatte mich damals gewundert, dass sie immer noch diesen intensiven Schmerz verspürte, und ihr zum Geburtstag ihres Sohnes einen kleinen Blumenstrauß hinübergebracht. Und jetzt, ein knappes Jahr später, saß sie schweigend am Bett unserer Tochter, die bei unserem damaligen Gespräch noch ein ganzes Leben vor sich zu haben schien, und verabschiedete sich. Ganz ruhig saß sie da, eine alte, schwarzgekleidete Frau bei einem sterbenden Kind. Die beiden waren in Lebensjahren so weit voneinander entfernt und doch so nah beieinander.

Wenn ich mich heute an die Tränen dieser Frau erinnere, habe ich ein tiefes Verständnis dafür und muss an die Worte Sigmund Freuds denken, die er seinem Freund und Kollegen Ludwig Binswanger 1929 nach dem Tod von dessen Sohn schrieb: »Man weiß, dass die akute Trauer nach einem solchen Verlust ablaufen wird, aber man wird untröstlich bleiben, nie einen Ersatz finden. Alles, was an die Stelle rückt, und wenn es sie auch ganz ausfüllen sollte, bleibt doch etwas Anderes. Und eigentlich ist es recht so. Es ist die einzige Art, die Liebe fortzusetzen.«

Nach wie vor bekamen wir regelmäßig Hausbesuche von Sharon, der Kinderkrankenschwester. Bisher war sie sehr hilfreich gewesen. Aber Sophies sich rapide verschlechternder

Gesundheitszustand und die desolate psychische und, durch den chronischen Schlafmangel, auch körperliche Verfassung von uns Eltern schienen sie an ihre Grenzen zu bringen. Dies war vielleicht auch dadurch verstärkt worden, dass ich sie nach dem Besuch meiner Freundin Sue voller Panik angerufen und auf ihrem Anrufbeantworter die bange Frage hinterlassen hatte, ob wir Sophie durch zu viel Morphium töten könnten. Jedenfalls zählte Sharon Peter und mir bei ihrem nächsten Besuch ziemlich unvermittelt drei Gründe auf, die ihrer Meinung nach dazu beitrügen, dass Sophie nicht sterben könne:

»Weil Sie sie nicht loslassen«, sagte sie zu mir gewandt. »Weil Sie und Peter nicht mit ihr über den Tod gesprochen haben und sie deshalb nicht weiß, wohin es geht. Und weil Sie die Ärzte von ihr fernhalten.«

Oh je. Jetzt waren wir auch noch schuld.

Ich sackte in mich zusammen. Sophie sollte Schwierigkeiten haben zu sterben, weil ich sie nicht losließ? Stimmte das? Es ging ihr inzwischen so schlecht, dass ich mir eigentlich nicht vorstellen konnte, ihren unabwendbaren Tod weiter hinauszögern zu wollen. Im Gegenteil. Ich war mittlerweile sogar froh, dass es den Tod gibt und Sophies Qualen durch ihn ein Ende finden würden. Bis heute habe ich ihren Todestag als weniger schmerzhaft in Erinnerung als die beiden Diagnosetage, den 5. November, an dem wir erfuhren, dass sie Krebs hat, und den 7. November, an dem uns Dr. Dawson mitteilte, dass sie in acht bis zwölf Wochen tot sein würde. An diesen beiden Tagen wurde mir der Boden unter den Füßen weggezogen. An diesen beiden Tagen fraß sich ein großer Schreck in meinen Leib hinein und erlebte jahrelang an jedem 5. und 7. November eine Wiederauferstehung. Sophies Tod hingegen würde letztlich eine Erlösung sein.

Auch hielten wir die Ärzte nicht fern. Natürlich waren sie weiter weg, als wenn Sophie im Krankenhaus gelegen hätte, aber wir standen in ständigem Kontakt mit ihnen. Deshalb überlegten Peter und ich, ob diese Kritik vielleicht eher damit zusammenhing, dass sich Sharon selbst eine größere ärztliche Nähe und Unterstützung gewünscht hätte, weil sie mit uns, verständlicherweise, zunehmend überfordert war.

Aber in einem Punkt konnte sie recht haben: Wir hatten mit unserer Tochter noch nicht über den Tod gesprochen. Wie denn auch? Dr. Dawson hatte immer wieder betont, dass Kinder ihres Alters noch keine Vorstellung vom Tod haben und man deshalb auch nicht mit ihnen darüber reden kann. Ihre größte Sorge sei die Trennung von den Bezugspersonen. Alles, was sie bräuchten, sei Verlässlichkeit, Zuversicht und Liebe.

Meine Lektüre hatte dasselbe ergeben: Sophie konnte aufgrund ihres Alters noch keine kognitiven Vorstellungen vom Tod haben. Sie wusste also nicht, dass es so etwas wie den Tod gibt, geschweige denn, was es bedeutet, tot zu sein.

Peter und ich glaubten jedoch fest daran, dass unsere Tochter *spürte*, dass es mit ihr zu Ende ging, und überlegten, ob ihr das Angst machte.

Aber wirkte sie ängstlich oder beunruhigt?

Nein.

Vielleicht lag das daran, dass wir immer für sie da gewesen waren und sie aus dieser Sicherheit heraus dachte: Wenn etwas passiert, womit ich nicht fertigwerde, habe ich ja Mami und Daddy, die mir helfen.

Vielleicht hatte sie einen solch unerschütterlichen Glauben ja bis ans Ende ihres Lebens. Vielleicht fühlte sie, dass Peter und ich zwar keine körperliche Heilung herbeiführen, ihr aber helfen konnten, die unbekannten Gefühle, denen sie jetzt ausgesetzt war, auszuhalten und anzunehmen. So wie wir es ihr ganzes Leben lang versucht hatten. Nur war es natürlich einfacher gewesen, einem gesunden Kind zu helfen, neue und sogar bedrohliche Empfindungen zu verstehen und zu bewältigen als einem todkranken. Noch dazu dem eigenen.

Jetzt hing viel von uns ab. Davon, ob wir in der Lage sein würden, unsere eigenen Ängste zu bändigen und den Sterbeprozess unserer Tochter einfühlsam zu begleiten. Sie durch unseren eigenen Kummer nicht noch zusätzlich zu beunruhigen, sondern das, was mit ihr passierte, zu akzeptieren und in Worte zu fassen und sie unsere Anwesenheit und Liebe spüren zu lassen.

Deshalb setzten Peter und ich uns nach Sharons Besuch erneut zusammen, um zu überlegen, ob wir ihr etwas Hilfreiches über das Sterben und den Tod sagen könnten. Etwas, das sie verstehen konnte.

Dabei versuchten wir, uns in sie hineinzuversetzen. Gab es etwas, das sie besonders belastete? Und wenn ja, wie könnten wir ihr helfen, damit zurechtzukommen?

Am wichtigsten erschien uns, sie weiterhin wissen und spüren zu lassen, dass wir sie in ihrer Not nicht alleinlassen, egal, was kommt. Und dass wir mit ihr fühlen und eine Ahnung davon haben, wie sehr sie leidet.

Auf eine Frage fanden wir jedoch lange keine Antwort. Wenn Sophie intuitiv wusste, dass sie im Sterben lag, wie sollten wir ihr erklären, was das bedeutete? Was mit ihr passieren würde? Wohin »die Reise« ging? Wir stellten es uns beunruhigend für sie vor, täglich zu merken, dass sich ihr Befinden rapide verschlechterte, ohne eine Vorstellung davon zu haben, was am Ende passieren würde. Dass es überhaupt ein Ende gab.

Aber wie konnten wir ihr das begreiflich machen? Wenn wir ihr sagten, der Tod nahe, würde sie uns nur mit großen Augen ansehen und vielleicht sogar Angst bekommen. Und jetzt mit dem »lieben Gott« anzufangen, erschien uns auch nicht hilfreich. Unser Problem war, dass wir ihr nichts sagen wollten, an das wir nicht selbst glaubten. Und das brachte uns zu einer Auseinandersetzung mit unseren eigenen Vorstellungen vom Tod.

Woran glaubten *wir* denn?

Was glaubten *wir*, würde mit unserer Tochter geschehen, wenn sie starb?

Über eins waren wir uns schnell einig. Sie würde nach ihrem Tod keine Schmerzen mehr haben. Bezogen auf alles andere waren wir unsicher. Vielleicht gab es ein Leben nach dem Tod, vielleicht auch nicht.

Schließlich schlug ich vor, Sophie zu sagen, dass jetzt zwar alles ganz schlimm war, es aber nicht endlos so weitergehen würde. Ihr Leid würde bald ein Ende haben und alles gut werden.

»Du meinst, ohne auf das *Wie* einzugehen? Ohne ihr mitzuteilen, dass dies erst im Tod geschehen wird?«

Ich nickte.

Peter dachte über meine Worte nach. Dann erklärte er mit fester Stimme: »Ja, das kann ich mir vorstellen.«

Daraufhin beschlossen wir, unserer Tochter so etwas zu sagen wie: »Du hast jetzt ganz doll Aua. Mami und Daddy wissen das. Aber wir sind immer bei dir, und bald wird alles wieder gut.«

Manchmal sagten wir auch nur: »Heute ist dein Aua ganz besonders schlimm, aber es wird bald wieder besser.« Oder: »Es geht dir heute gar nicht gut, aber Mami und Daddy sind immer bei dir.«

Mit dieser Vorgehensweise kamen wir gut zurecht. Jedenfalls so gut, wie es in unserer Situation möglich war. Wir hatten jetzt das Gefühl, ehrlich zu sein, nichts Unhaltbares zu versprechen und den Tod nicht auszuklammern, sondern ihn, Sophies Alter entsprechend, zu thematisieren. Das fühlte sich richtig an.

Im Nachhinein denke ich, dass es nicht so wichtig war, *was* wir sagten. Wichtiger als der Inhalt waren vermutlich unsere innere Haltung und die Art und Weise, *wie* wir mit unserer Tochter zu sprechen versuchten: mit liebevoller, ruhiger und Sicherheit vermittelnder Stimme.

Das gelang uns oft.

Aber nicht immer.

***

Nachdem Sophie ihren Morphiumsaft in den letzten Tagen einigermaßen regelmäßig getrunken hatte, fing sie um den 20. Januar herum erneut an, ihn mit Nachdruck zu verweigern. Und wieder waren Peter und ich unterschiedlicher Meinung, wie wir damit umgehen sollten.

»Wir haben doch gesehen, wie lange es dauert, den Morphiumpegel in ihrem Blut so aufzubauen, dass sie keine Schmerzen mehr hat. Das möchte ich nicht noch einmal erleben«, sagte Peter.

»Wir haben allerdings auch gesehen, wie sehr sie sich wehrt, wenn wir sie zu zwingen versuchen, und das möchte *ich* nicht noch einmal erleben«, hielt ich dagegen. Aber während ich das sagte, erinnerte ich mich an Sharons Worte: »Sie sind schuld, wenn Ihre Tochter unerträgliche Schmerzen bekommt, weil Sie nicht für eine regelmäßige Morphiumeinnahme gesorgt haben.«

Da ich nach den Erfahrungen der letzten Woche auch selbst Angst hatte, dass Sophies Qualen wieder überhandnehmen würden, gab ich schließlich nach, und Peter und ich versuchten erneut, unsere Tochter gegen ihren Willen dazu zu bringen, den Saft zu trinken.

Es war furchtbar.

Sophie presste ihre kleinen Zähnchen fest zusammen und hielt mit großer Kraft dagegen.

Nach kurzer Zeit gaben wir auf.

Und weinten.

Danach sahen wir sie unsicher an.

Zu unserer großen Überraschung wirkte sie entspannt, ja fast ein bisschen vergnügt.

Wie war denn das möglich?

Nahm sie uns diese schreckliche Aktion nicht übel? War es gar nicht so schlimm für sie gewesen? Ich glaube, sie war heiterer Stimmung, weil es ihr gelungen war, unserem gewaltsamen Eindringen zu widerstehen.

Das gab ihr ein gutes Gefühl.

Der Krebs wuchs und war optisch nicht mehr zu übersehen. Sophies Bauch war hart und dick wie bei einer weit fortgeschrittenen Schwangerschaft, die Haut mit sichtbaren blauen Adern durchzogen. Darüber hinaus war ihr linkes Bein stark geschwollen. Der Lymphknoten in der Leiste umfasste mindestens sieben Zentimeter und hatte eine bläulich-rote Färbung angenommen. Er schien jeden Moment platzen zu können. Ansonsten sah sie verhungert aus, wie ein unterernährtes Kind aus einem Entwicklungsland. Ihr zuvor rundliches Gesicht war so abgemagert, dass sich die Haut spannte. Ihre Ärmchen und das rechte Bein waren spindeldürr.

Als zwei Mütter aus der Spielgruppe kamen, um unser Mittagessen zu bringen, hörte ich, wie die eine zu der anderen sagte, sie könne sich nicht vorstellen, ein Kind zu lieben, das so aussehe wie Sophie jetzt.

Da ich hinzutrat, um mich für ihr Gericht zu bedanken, weiß ich nicht, was die andere geantwortet hätte. Später versuchte ich, unsere Tochter mit den Augen dieser Außenstehenden zu betrachten: Ja, sie war inzwischen sehr von der Krankheit gezeichnet, aber sie deshalb nicht mehr zu lieben? Was für ein absurder Gedanke.

Sophies Befinden verschlechterte sich weiter. Der Krebs begann, auf ihre Blase zu drücken, und sie hatte das Gefühl, alle paar Minuten aufs Töpfchen zu müssen.

»Sophie piescha, piescha«, rief sie den ganzen Tag.

Rauf aufs Töpfchen, runter vom Töpfchen. Eine entsetzliche Quälerei. Mit ihrem geschwollenen Bein passte sie nicht mehr auf den Topf, und wegen des dicken Bauches konnte sie kaum darauf sitzen.

Da das ständige Auf-den-Topf-Müssen sehr anstrengend war, legten wir ihr eine Windel um und versuchten, sie davon zu überzeugen, sie zu benutzen.

Aber nein, sie wollte nicht.

Unter keinen Umständen.

Diesen Kampf hielt sie tagelang durch: »Nein, Sophie nicht Windel. Töpfchen.«

Erst als ihre Kräfte noch mehr nachließen, gab sie auf.

Geschlagen.

So war es mit allen Fähigkeiten, die sie im Laufe ihres Lebens erworben hatte und nun wieder aufgeben musste: allein essen und trinken, laufen, aufs Töpfchen gehen, bestimmen, wohin die Reise im Buggy ging. Um den Erhalt jeder dieser Fähigkeiten hat sie lange und hartnäckig gekämpft. Wie gern hätte sie in ihrer Not wieder an meiner Brust gelegen, und wie gern hätte ich ihr diesen Wunsch erfüllt. Mein Körper schien ja sogar wieder Milch zu produzieren. Aber nein, das ging für sie nicht. Dazu war sie schon zu groß. Es war herzzerreißend, diesen inneren Kampf mit anzusehen. Aber es war ein ungleicher Kampf. Am Ende würde die Krankheit Sophies Willen besiegen, auch wenn dieser so stark war, dass sie damit hätte tausend Bäume ausreißen können.

So habe ich in dieser Zeit erfahren, dass Sterben auch für kleine Kinder ein körperlicher *und* emotionaler Prozess ist. Sophie musste auch psychisch den Punkt erreichen, an dem ihr klar wurde, dass es nicht mehr weiterging.

Aber so weit war sie noch nicht.

Sharon kam zum nächsten Hausbesuch. Als sie Sophie friedlich im Bett liegen sah, äußerte sie die Vermutung, dass sie wahrscheinlich heute oder morgen sterben wird.

»Wie kommen Sie denn darauf?«, fragte ich überrascht, denn ich hatte an diesem Tag noch keine besondere Veränderung an unserer Tochter bemerkt.

»Weil sie so ruhig aussieht und eine besondere Qualität ausstrahlt.«

Ich fragte nicht nach, was sie mit dieser Äußerung meinte, denn in meinem Kopf herrschte ein großes Durcheinander, und ein Angstschwall nahm von mir Besitz. Verängstigt setzten wir uns ans Krankenbett und warteten: meine Eltern, Peter und ich.

Eine Stunde verging.

Eine zweite.

Eine dritte.

Dann öffnete Sophie die Augen und sagte: »Eis essen.«

Erleichtert sahen wir uns an. Peter rannte sofort zum nahegelegenen Kiosk und kam mit mehreren Packungen Eis am Stiel zurück.

Sophie wartete schon auf ihn und aß mit großem Appetit ein ganzes Eis auf. Ich sehe es noch vor mir. Es war ein Vanilleeis mit einer glänzenden Zitronenschicht. Dann verlangte sie nach einem zweiten und verputzte auch das zur Hälfte. Zum Schluss trank sie noch ein ganzes Glas Kakao.

Auch wenn Sophie weder an diesem noch am nächsten Tag starb, wurde klar: Wir durften wichtige Entscheidungen nicht länger hinauszögern. So mussten wir uns damit auseinandersetzen, was nach ihrem Tod geschehen sollte: Einäscherung oder Erdbestattung? Nach längerer Diskussion entschieden wir uns für eine Erdbestattung. Für mich waren zunächst beide Varianten gleich unerträglich gewesen. Aber irgendwann überwog das Gefühl, dass sich Sophie genauso natürlich, wie sie in mir gewachsen war, auch auflösen müsste und wir diesen Prozess nicht durch eine Verbrennung stören sollten.

Peter konnte das nachvollziehen.

Ein anderes Thema ließ mir ebenfalls keine Ruhe. Ich wollte Sophie unbedingt bis zur Beerdigung zu Hause behalten. Die Vorstellung, sie würde mutterseelenallein im Kühlraum eines Beerdigungsinstitutes liegen, empfand ich als unerträglich. Schließlich hatten wir ihr doch versprochen, sie nicht alleinzulassen.

Auch damit war Peter einverstanden.

Wir kamen nicht auf die Idee, bei den Behörden nachzufragen, ob es erlaubt sei, Verstorbene für mehrere Tage zu Hause zu behalten, und wenn ja, ob es besondere Bedingungen dafür gebe. Uns war jedoch klar, dass wir eine Klimaanlage für den Raum benötigten, in dem wir unsere Tochter nach ihrem Tod aufbahren wollten, schließlich war Hochsommer. Peter rief seinen Freund Kim an, und dieser versprach, eine zu beschaffen.

Über eine weitere Sorge sprach ich vorsichtshalber erst einmal nur mit Cathy. Wie würde es für Sophie sein, allein da unten in der Erde im Sarg zu liegen? Sie würde dann zwar schon tot sein und nichts mehr merken. Trotzdem war der Gedanke daran entsetzlich für mich.

»Am Schlimmsten wäre es, wenn der Sarg zusammenkrachen würde und sie die ganze Erde ins Gesicht bekäme.«

Cathy verstand sofort. Sie kannte sich mit Särgen zwar nicht aus, wollte aber Erkundigungen einholen, welche als besonders stabil und haltbar galten.

Am nächsten Tag teilte sie uns mit, was sie in Erfahrung gebracht hatte. Ohne Vorbestellung gäbe es für Kinder nur Kiefernsärge. Die würden jedoch manchmal, es hänge von der Art der Erde ab, bereits bei der Beerdigung zusammenbrechen.

Mein schlimmster Albtraum.

Peter wiegelte ab. Das Thema machte ihn total fertig, und er wollte sich damit nicht beschäftigen. Für ihn war der Körper nach dem Tod nicht mehr wichtig.

Ich empfand das anders, schließlich hatte unser Kind ja nicht nur eine »Seele«, sondern auch einen Körper. Deshalb rief ich den Beerdigungsunternehmer an, mit dem Peter bereits ein Vorgespräch geführt hatte, und fragte nach seinen Erfahrungen. Er versicherte mir, dass kleine Kindersärge nicht zusammenbrechen, auch dann nicht, wenn sie aus Kiefernholz hergestellt waren. Das stabilste Holz sei jedoch die Zeder. Er habe Zedernsärge nach zehn Jahren exhumiert, und sie hätten wie neu ausgesehen.

Diese Auskunft stellte mich zufrieden.

Aber ein Zedernsarg musste vorbestellt werden. Dazu benötigte der Beerdigungsunternehmer eine Information über Sophies Länge. Peter holte seinen Zollstock hervor, und wir gingen ins Schlafzimmer, wo meine Eltern gerade bei ihrer Enkelin wachten. Das Ausmessen unserer Tochter war eine weitere traurige Erfahrung, denn uns wurde schmerzlich vor Augen geführt, dass sie nicht mehr wachsen würde. Dass sie nicht die Größe eines Schulkindes erreichen würde, nicht die eines Teenagers. Außerdem kam es mir wie Verrat vor, das Maßband schon vor ihrem Tod anzulegen. Aber es ging nicht anders. Wenn wir Sophie bis zur Beerdigung zu Hause behalten wollten, würden wir nach ihrem Tod sofort einen verschließbaren Sarg benötigen. Trotz Klimaanlage. Denn das Thermometer zeigte über dreißig Grad Celsius.

Sophie klagte über Schmerzen und weigerte sich dennoch, regelmäßig ihren Morphiumsaft zu trinken.

So konnte es nicht weitergehen.

Sie sollte sich nicht quälen, und wir wollten und konnten sie nicht zwingen, ihr Morphium zu nehmen. Also riefen wir Dr. Dawson an und fragten, ob er sie an einen Tropf anschließen könne. Da ein solcher normalerweise nur im Krankenhaus gegeben wurde, hatten wir eine Krankenschwester und einen Arzt organisiert, die bereit waren, ihn bei uns zu Hause zu überwachen.

Dr. Dawson war trotzdem dagegen. Unser Arzt Charly sollte Sophie lieber alle vier Stunden eine Morphiumspritze geben.

In der praktischen Durchführung stellte sich dies als großes Problem heraus, da erst die richtige intravenöse Dosierung gefunden werden musste. Auf Anraten von Dr. Dawson begann Charly mit einer sehr niedrigen Dosis und ging dann fort.

Eine Stunde später riefen wir ihn in großer Sorge an: »Kommen Sie schnell, Sophie hat starke Schmerzen.«

So ging es den ganzen Nachmittag. Charly musste vier- oder fünfmal kommen, bis er sich an die richtige Dosis herangetastet hatte und Sophies Schmerzen nachließen. Zwischendurch fuhr er in der Stadt herum, um immer neues Morphium zu besorgen.

»Ich komm mir vor wie ein Rauschgiftjunkie«, erklärte er.

Aber es trat keine Ruhe ein, denn Sophie bekam Bauchkrämpfe. Sie bäumte ihren Körper auf und wand sich hin und her, um dann jedes Mal ein bisschen Stuhl loszuwerden.

Da die Situation zunehmend eskalierte, entschied sich Dr. Dawson für eine Morphiumpumpe. Sie sollte eine kontinuierliche Zufuhr des Medikaments ermöglichen, ohne Sophie, wie es beim Tropf der Fall gewesen wäre, in ihrer Bewegungsfreiheit einzuschränken. Unsere Tochter weinte ein wenig, als Dr. Dawson die Pumpe mithilfe von Charly an ihrem Körper anschloss, winkte den beiden Ärzten beim Abschied aber hinterher und rief »bye bye«.

Es folgte ein schwieriger Nachmittag, denn Sophie begann unter Übelkeit zu leiden. Nachdem sie sich einmal heftig übergeben hatte, bestand sie darauf, sich die bereitliegende orangefarbene Plastikschüssel selbst vor das Gesicht zu halten. Da sie zu schwach dafür war, lag meistens ihr ganzer Kopf darunter verborgen.

»Lass sie doch los. Wir halten sie für dich«, flehte ich.

»Nein.«

Wieder einmal kämpfte sie um den Erhalt ihrer Selbstständigkeit. Es saß immer jemand an ihrem Bett, und trotzdem wollte sie die Schüssel allein halten. Ich konnte den Anblick kaum ertragen.

Parallel zur Übelkeit quälte sie sich weiterhin mit heftigen Bauchkrämpfen.

Wieder kontaktierten wir Dr. Dawson. Er stellte zwei Medikamente bereit, die eine Mutter aus der Spielgruppe für uns abholte: ein Medikament gegen Brechreiz und eins gegen Bauchkrämpfe. Letzteres sollte direkt durch den bereits gelegten Zugang in die Vene gespritzt werden. Peter übernahm das Spritzen. Da Sophie dabei anders atmete, bekam er Angst, sie könne sterben. Später erfuhren wir, dass das veränderte Atmen in der Situation normal war.

***

Dank der Morphiumpumpe erlebte Sophie einen Tag ohne Schmerzen.

Endlich einmal wieder.

Ich erklärte ihr, dass sie jetzt keinen ekligen Saft mehr zu sich nehmen muss, und sie erwiderte prompt: »Sophie rosa Milch trinken.«

Ich wurde von Freude überflutet. Meine Tochter äußerte einen Wunsch. Noch dazu einen, der sich auf die Nahrungsaufnahme bezog. Ich konnte es kaum fassen. Unser abgemagertes Kind wollte etwas trinken. Und das freiwillig.

Wenn es so etwas gibt wie körperliches Frohlocken und Jubilieren, dann habe ich es in diesem Moment in allen Fasern meines Körpers gespürt. Ich sprang auf und rannte in die Küche. Als ich ganz aufgeregt zurückkam und ihr die Flasche mit der Erdbeermilch reichte, guckte sie mir direkt in die Augen und sagte: »Ich hab Mami lieb.«

Dann begann sie, mit Appetit zu trinken.

Süße kleine Wellen überschwemmten mich. Wellen des Glücks. Sophie war schon so krank und kaum noch in der Lage, etwas zu geben, und dennoch überreichte sie mir mit diesen Worten das größtmögliche Geschenk.

Wie auf einem silbernen Tablett.

Bedeutete das, dass sie mir nicht böse war? Vor gar nicht langer Zeit hatte sie doch noch fest an meine Hilfe geglaubt. »Mami macht Sophie heil.« Ganz laut hörte ich ihre Worte in meinem Innern. Inzwischen war unübersehbar geworden, dass ich es nicht getan hatte.

Auch für sie.

Das musste doch eine riesengroße Enttäuschung sein.

Ich fragte mich, ob Sophie wusste, dass es nicht in meiner

Macht lag, sie zu heilen. Konnte ein kleines Kind das schon wissen? War sie intuitiv schlauer als ich? Vielleicht fiel es ihr leichter als mir zu akzeptieren, dass es Dinge gibt, die wir nicht ändern können. Ich hatte durch Kraft und Anstrengung vieles erreicht und mein Leben nach dieser Devise ausgerichtet. Nicht nur war Peter der Mr. Fixit unserer Familie, von meiner inneren Einstellung her hätte man mich ebenfalls als Mrs. Fixit bezeichnen können. So hatte ich häufiger gedacht: Wenn es irgendwo auf der Welt eine Person gäbe, die Sophie heilen könnte, ich würde sie finden. Selbst wenn ich keine Informationen über ihren Aufenthaltsort hätte und sie in einem winzigen Dorf am anderen Ende der Welt lebte. Aber so eine Person gab es nicht, und das konfrontierte mich mit unerträglichen Gefühlen von Ohnmacht und Hilflosigkeit.

Ich glaube, dass Sophie gespürt hatte, wie sehr ich mich freute, ihr mit der Erdbeermilch einen Wunsch erfüllen zu können. Und vielleicht wusste sie deshalb auch, dass ich alles getan hätte, sie zu heilen, wenn es mir möglich gewesen wäre. Ich empfand ihre Worte »Ich hab Mami lieb« als Geschenk. Als »Ich hab Mami *trotzdem* lieb«. Und das machte mich glücklich.

In der folgenden Nacht wachte ich gegen vier Uhr auf und sah Sophie mit weit geöffneten Augen an die Decke starrten. So, als sähe sie dort etwas. Ich streichelte sie, sprach eine Weile beruhigend mit ihr, und dann fielen mir die Augen wieder zu. Am nächsten Morgen lag sie erneut so da: bewegungslos, mit weit geöffneten, sich unruhig hin und her bewegenden Augen.

Ob sie jetzt doch Angst hatte?

Im Laufe des Tages besserte sich ihr Zustand, aber wir überlegten dennoch, ob wir in den folgenden Nächten an ihrem Bett wachen sollten. Peter war dagegen, da Sophie noch mehrere Tage leben könne und wir unsere Kräfte einteilen müssten.

»Sonst schaffen wir es nicht bis zu ihrem Tod.«

Ja, wir waren inzwischen körperlich und emotional ziemlich am Ende und brauchten ein paar Stunden Schlaf.

Als ich in der folgenden Nacht wieder neben ihr im Bett lag, fühlte sich mein Herz so verkrampft an, dass ich fürchtete, es könnte jeden Moment stehen bleiben.

Ich darf nicht sterben, dachte ich.

Nicht jetzt.

Unter keinen Umständen vor ihr.

Schließlich nahm Peter meinen Platz an Sophies Seite ein. Irgendwann hörte ich unsere Tochter sagen: »Mit Mami schlafen«, aber ich reagierte nicht darauf, denn sie hatte ja ihren Daddy. Später in der Nacht legte ich mich noch einmal kurz zu ihr, bat dann aber doch wieder Peter, mit mir zu tauschen.

Es trat keine Ruhe ein.

Sophie schrie im Abstand von wenigen Minuten zweimal nach Katrina und fühlte sich heiß an. Ich schlug vor, Fieber zu messen. Peter hielt das für unnötig. Er wisse, dass sie Fieber hat. Gegen vier Uhr morgens spritzte er ein Beruhigungsmittel, und es schien ihr etwas besser zu gehen.

Am frühen Morgen maßen wir dann doch Fieber, und das Thermometer zeigte 39,7 Grad Celsius. Sophie ballte ihre Hände zu Fäusten, verzog ihr Gesicht und starrte wieder ängstlich an die Decke. Wir riefen Dr. Dawson an und schilderten ihre Symptome. Er versprach, Kontakt zu unserer Hausärztin aufzunehmen und sie zu bitten, Valium zu spritzen. In der

Zwischenzeit versuchten Peter und ich, das Fieber mit feuchten Wickeln zu senken, was auch gelang.

Während wir auf Shirley warteten, lag Sophie bewegungslos da, war aber wach und hatte einen klaren Blick. Ich zeigte ihr eine rote Rose aus unserem Garten. Sie betrachtete sie aufmerksam. Ich hielt sie ihr dicht vor die Nase, sodass sie den süßen Duft aufnehmen konnte. Dann holte ich das runde Glasgefäß mit den beiden Fischen, und Sophie beobachtete, wie Sophiefisch und Daddyfisch darin umherschwammen. Anschließend guckten wir zusammen ihre Babypuppe und ihre Stofftiere an, die kleine Katze, die sie so sehr liebte, und das rosa Kaninchen. Jeden dieser Weggefährten betrachteten wir lange, und ich fasste in Worte, was wir sahen: »Schau mal, hier ist dein kleines Kätzchen mit dem weichen Fell, das dir Oma und Opa geschenkt haben.«

Sophie war sehr aufmerksam, und ihre Augen verfolgten alles ganz genau. Irgendwie kam sie mir anders vor: wacher, präsenter.

Schließlich legte ich mich zu ihr, nahm sie fest in meine Arme, und die aufgestauten Gefühle der vergangenen Monate brachen aus mir heraus. Weinend erzählte ich ihr, wie leid mir alles tue, wie gern ich ihr geholfen hätte, was für ein wunderbares kleines Mädchen sie sei und wie sehr ich sie liebe. Zum Schluss versicherte ich erneut, dass Peter und ich immer bei ihr sind und bald alles gut wird.

Dies war meine Abschiedsstunde mit Sophie. Aber das wusste ich damals noch nicht. Später freute ich mich, dass ich so emotional mit ihr gesprochen hatte. Das erste und einzige Mal seit ihrer Diagnose. Davor hatte ich stets versucht, sie mit meinen verzweifelten Gefühlen nicht zusätzlich zu belasten.

Kurz darauf kam unsere Hausärztin.

»Geh weg«, sagte Sophie, als sie Shirley sah, ließ sich dann aber doch die Valiumspritze geben.

Danach lag sie mit geschlossenen Augen da.

Still und friedlich.

Peter und ich fühlten uns von der Dramatik der letzten Tage wie erschlagen und beschäftigten uns mit der Frage, ob wir einen Fehler gemacht hatten.

Hätte Sophie im Krankenhaus weniger leiden müssen und eine bessere Therapie bekommen?

Hätte man ihre Krampfanfälle dort früher bemerkt und schneller gehandelt?

Vielleicht wäre es so gewesen. Aber wir hatten auf jede Veränderung sofort reagiert. Natürlich war immer mehr Zeit verstrichen, bis Hilfe kam, das ließ sich nicht wegdiskutieren. Aber vielleicht wog der Verbleib in der vertrauten häuslichen Umgebung diesen Nachteil auch auf.

Fragen über Fragen.

Offene Fragen, denn Sophie würde sie nicht mehr beantworten können. Aber eins wussten wir genau. Wir hatten getan, was wir für das Beste hielten. Und wenn es nicht immer das Beste war, würden wir von nun an damit leben müssen.

Nachmittags kam unsere Hausärztin erneut vorbei.

»Sophie ist wahrscheinlich bewusstlos«, meinte sie, »und ich halte es für das Beste, sie in diesem Zustand zu belassen. Ich würde Ihnen jedoch raten, in der kommenden Nacht bei ihr zu wachen. Das Ende naht.«

Abwechselnd saßen Peter, meine Eltern und ich an Sophies Bett und warteten auf den Tod.

Den ganzen Tag.

Die lange Nacht.

Am nächsten Mittag, es war der 30. Januar 1987, kam er hereingestürmt und riss Sophie fort.

Peter und ich hielten sie in unseren Armen.

9

Es war vorbei. Von einer Sekunde zur anderen. Es würde für immer vorbei sein. Sophie würde uns nie mehr mit ihren blauen Augen ansehen, nie mehr »Mami« und »Daddy« rufen und sich nie mehr an uns schmiegen. Sie würde für immer das kleine Mädchen bleiben, das uns nur einen kurzen Besuch abgestattet hat und dann gegangen ist.

Gehen musste.

Ich weiß nicht, wie lange Peter und ich unsere tote Tochter in den Armen hielten, noch, was meine Eltern in der Zeit taten. Ich weiß nur, dass meine Mutter irgendwann sagte, wir müssten Sophie waschen und umziehen, später gehe das nicht mehr.

Ihre Worte brachten mich in die Gegenwart zurück. Da war sie wieder, die schreckliche Realität.

Es gelang uns nicht, Sophie das himmelblaue T-Shirt auszuziehen, das sie trug. Es war zu eng. Wir mussten es an beiden Seiten aufschneiden, um sie daraus zu befreien. Dann wuschen wir sie, zogen ihr das rosa Kleid an, das sie so gern getragen hatte, und legten sie in ihrem gekühlten Kinderzimmer aufs Bett.

Um sie nicht alleinzulassen, hielten Peter, meine Eltern und ich den ganzen Tag abwechselnd Totenwache. Mir hat dieses wiederholte Beisammensein mit meiner Tochter gutgetan. Ich saß neben ihr, streichelte sie und war froh, dass sich meine

Angst, sie nach ihrem Tod nicht mehr berühren zu können, nicht bewahrheitete.

Sophie war noch immer mein kleines Mädchen.

Als ich meine Mutter einmal ablösen wollte, hörte ich sie vom Flur aus sprechen. Überrascht blieb ich stehen. Sollte ich sie noch ein Weilchen länger mit ihrer Enkelin alleinlassen?

Ich wartete einen Moment und öffnete dann leise die Tür.

Meine Mutter saß auf der Bettkante und las Sophie die Geschichte vom kleinen Lamm vor. So wie sie es immer getan hatte. »Wie schön«, dachte ich gerührt und trat näher. Als sie fertig war, legte ich ihr liebevoll den Arm um die Schultern.

Am späten Nachmittag trafen die ersten Trauergäste ein. Zuerst kam Cathy. Obwohl sie mit ihrem zweiten Kind hochschwanger war, wollte sie sich trotzdem persönlich von Sophie verabschieden.

Gefasst geleiteten Peter und ich sie ins Kinderzimmer. Dort brannten Kerzen und hüllten den Raum in ein mildes Licht. Unsere Tochter lag mit leicht zur Seite geneigtem Kopf auf dem Bett. Um sie herum hatte ihr Daddy Spielsachen und Bücher gelegt.

»Es war schwer für mich, diesen Raum zu betreten und in die Atmosphäre des Todes einzutauchen«, sagte Cathy in einem späteren Gespräch. »Vor allem das Spielzeug und die Bücher führten mir eindringlich vor Augen, dass Sophie wirklich tot war, denn sie würde nie mehr mit den Sachen spielen oder in den Büchern blättern können.« Sie war froh, als die nächsten Trauergäste kamen und sie sich verabschieden konnte.

Auf dem Rückweg zum Bus, so erzählte sie weiter, weinte

sie laut und fühlte sich orientierungslos. Und dann verlor sie auch noch die Kontrolle über ihre Blase und der Urin lief ihr die Beine herunter. Der Busfahrer bemerkte ihren desolaten Zustand. Vielleicht dachte er, ihre Fruchtblase sei geplatzt. Jedenfalls fragte er, wo sie wohne, verließ mit allen Passagieren an Bord seine vorgeschriebene Route und setzte sie direkt vor ihrer Haustür ab. »In meinem Zustand hätte ich ohne seine Hilfe auch gar nicht nach Hause gefunden«, erklärte sie.

Nach Cathy kamen Katrina und ihre Familie. Katrina sagte: »Hallo, Sophie«, und fragte: »Was, wenn Sophie aufwacht?«

Auf den Sarg weisend, erklärte ihr Vater, ihre kleine Freundin werde eine große Reise darin machen. Und Peter fügte hinzu, dass Sophie sehr krank war und wir sie nicht wieder gesundmachen konnten: »Deshalb geht sie jetzt an einen wunderschönen Ort, an dem sie glücklich sein wird.«

Das schien Katrina zufriedenzustellen. Ihre Eltern legten einen Teddy in den bereitstehenden Sarg, und Katrina durfte sich ein Abschiedsgeschenk aussuchen. Sie wählte ein Puzzle und winkte: »Bye bye, Sophie.«

Jahre später erinnerte mich Cathy daran, dass sie an diesem Tag noch einmal bei uns gewesen war. Peter rief sie ein paar Stunden nach ihrem Besuch an und druckste herum, dass wir einen wichtigen Termin beim Beerdigungsinstitut hätten und meine Eltern mitkommen wollten.

»Ja und?«, fragte ich.

»Er sagte, du könnest Sophie nicht alleinlassen.«

»Oh nein.«

»Peter musste es nicht aussprechen. Ich bin sofort losgefahren und habe in eurem Haus Totenwache gehalten.«

»Und das, obwohl es dir selbst so schlecht ging.«

»Ich bin nur kurz bei Sophie geblieben, dann habe ich mich auf die Veranda gesetzt und an sie gedacht«, fuhr Cathy fort. »Es war still und friedlich. Nach eurer Rückkehr hast du hinter Peter gestanden und wolltest gar nicht näher kommen. Wenn ich früher auf Sophie aufgepasst habe, hast du dich nach deiner Rückkehr immer sofort erkundigt, wie es ihr während eurer Abwesenheit ergangen war. Ob sie sich wohlgefühlt habe oder ob etwas Besonderes vorgefallen sei.«

Ich nickte.

»Aber an diesem Tag gab es nichts zu fragen, und wahrscheinlich wusstest du nicht, was du tun oder sagen solltest.«

So wird es wohl gewesen sein. Aber ich kann mich bis heute kaum an Cathys zweiten Besuch erinnern. Nur daran, dass Peter und ich unsere Tochter abends in den, wie ich fand, sehr engen Sarg legten, ihn aber noch offen ließen.

Es fiel mir schwer, das Totenzimmer am nächsten Morgen erneut zu betreten, und ich schob es ein wenig vor mir her. Was würde ich dort vorfinden? Als Peter und ich nach dem Frühstück schließlich gemeinsam hineingingen, stellten wir fest, dass der Tod Sophie bereits fest in seinen Klauen hielt.

Wir würden den Sarg schließen müssen, und zwar schnell.

Ein letztes Mal setzten wir uns zu unserem Kind. Rechts an der Wand hing immer noch Humpty Dumpty, die Figur aus dem englischen Kinderlied, die die Zerbrechlichkeit des menschlichen Lebens so deutlich symbolisiert wie kaum eine andere. Peter hatte sie kurz nach Sophies Geburt aus Sperrholz gefertigt, und sie hatte sie durch ihr ganzes Leben begleitet. Links lachte uns unsere Tochter von Fotos entgegen: Sie stieg die Treppe hinauf zur Rutsche, spielte am Strand und saß auf ihrem Schaukelpferd. So vertraut! Gleich würde sie hereinkommen und rufen »komm Daddy« oder »mit Mami spielen«.

Nach einer Weile des Schweigens sagte Peter, er fühle sich Sophie auf diesen Fotos näher als ihrem vor uns liegenden Körper. Das entsprach auch meinem Gefühl.

Eine letzte Berührung. Ein letzter Kuss.

Wie kalt sie war. Eiskalt.

Dann schlossen wir den Sarg.

Im Laufe des Tages nahm der süße Geruch des Todes unser Haus mehr und mehr in Besitz. Doch es waren noch drei Tage bis zur Beerdigung. In Anbetracht des heißen Wetters eine lange Zeit. Mir wurde angst und bange, und ich verspürte den dringenden Wunsch, unsere Tochter nun doch vom Beerdigungsinstitut abholen zu lassen.

Am liebsten sofort.

Durch den Geruch hatte ich auch gefühlsmäßig verstanden, dass dies nicht mehr unsere kleine Sophie war, sondern nur noch ihr in Auflösung begriffener Körper.

Peter kontaktierte den Beerdigungsunternehmer. Die Träger würden in Kürze da sein. Meine Mutter schlug vor, Pastor Wiedemann zu bitten, eine kleine Abschiedszeremonie zu halten. Aber er war nicht zu Hause. Wir hinterließen eine Nachricht auf seinem Anrufbeantworter, und er kam gerade noch rechtzeitig angerast.

Als die Träger klingelten, baten wir sie, einen Augenblick draußen zu warten. Dann bildeten Peter, meine Eltern, Pastor Wiedemann und ich einen Kreis um den Sarg, und Peter sprach unsere Tochter mit zärtlicher Stimme an: »Liebe Sophie, dies ist dein Zuhause. Wir haben hier eine wunderschöne Zeit mit dir verbracht. Aber nun musst du zu deiner endgültigen Ruhestätte gehen.«

Dann richteten meine Eltern und ich unsere individuellen Abschiedsworte an Sophie. Mein Vater sagte: »Auf Wiedersehen. Ruhe sanft.« Meine Mutter: »Ich werde dich nie vergessen.« Ich selbst konnte vor Weinen kaum sprechen und stammelte so etwas wie: »Sophie, dein Daddy und ich hatten dir versprochen, dass dein Aua bald besser wird, und das ist nun geschehen: Du hast keine Schmerzen mehr und musst nicht mehr leiden. Aber auch wenn du uns jetzt verlassen musst, in meinen Gedanken wirst du immer bei mir sein.«

Danach sprach Pastor Wiedemann: »Es segne dich der allmächtige und barmherzige Gott, der Vater, der Sohn und der Heilige Geist, jetzt und in Ewigkeit. Amen.«

Anschließend trugen die Träger den Sarg zum Leichenwagen und stellten ihn auf die Rückbank. Recht grob, wie mir schien. Ich zuckte zusammen. Von jetzt an hatte ich keinen Einfluss mehr auf das, was geschah.

Langsam fuhr der schwarze Wagen davon. Wir sahen ihm hinterher, bis er in der Kurve verschwunden war.

Am frühen Abend fuhr ich mit Peter nach Balmoral Beach, um in der frischen Brise ein bisschen durchzuatmen. Zum ersten Mal ohne Sophie. Es war ein wunderschöner lauer Sommerabend. Überall sahen wir fröhliche Menschen: einzelne, Pärchen, Gruppen und viele Familien mit Kindern. Sie aßen, sie tranken, sie unterhielten sich, gingen spazieren, badeten und spielten.

Wir sahen uns an. Waren wir wieder auf einem Stern mit Außerirdischen gelandet?

Wortlos fuhren wir zurück in unser leeres Haus.
Kein Kinderlachen mehr.
Kein Kinderweinen.
Nichts.

***

Am nächsten Tag organisierten wir die Beerdigung.

Ich kannte mich mit den australischen Friedhöfen nicht aus und hatte auch keine Kraft, mich näher mit ihnen zu befassen. Deshalb überließ ich es Peter, eine letzte Ruhestätte auszuwählen. Er entschied sich für eine im dreißig Kilometer nördlich vom Zentrum Sydneys gelegenen Mona Vale. In der Nähe lag auch sein Segelschiff vor Anker. Er hatte es selbst gebaut und vor gar nicht langer Zeit im Cockpit an einer Stelle die Rückenlehne erhöht, damit Sophie dort während unserer Ausflüge in Pittwater gut und sicher untergebracht war. Das schien jetzt eine Ewigkeit her zu sein und einem anderen Leben anzugehören.

Die Beerdigung wurde auf den 3. Februar gelegt. Der Trauergottesdienst sollte direkt am Grab stattfinden, da es auf dem Friedhof keine Kapelle gab. Wir organisierten kein anschließendes geselliges Beisammensein. Bei solchen Anlässen geht es oft fröhlich zu, und ich hätte das nicht ertragen. Wenn dort auch nur eine Person gelacht hätte, aus welchem Grund auch immer, ich hätte sie erschlagen.

Peter wollte den Sarg mit mir zusammen vom Parkplatz zum Grab tragen. Das traute ich mir jedoch nicht zu. Ich befürchtete, so sehr weinen zu müssen, dass ich nicht weitergehen könnte oder den Sarg fallen ließ. Aber da es Peter wichtig war, ihn selbst zu tragen, bat er Katrinas Vater, ihm dabei zu helfen.

Hella, die emotionale Begleiterin meiner Eltern, erzählte, dass sie auf der Beerdigung ihrer Tochter selbst eine Rede gehalten hatte. So etwas würde mir auch gefallen, aber das traute ich mir ebenfalls nicht zu. Peter schlug vor, zusammen zu überlegen, was wir sagen wollten, und er würde dann das Sprechen übernehmen.

Plötzlich erklang in meinem Innern eine süße Melodie.

So vertraut.

»Weißt du noch, wie Sophie am Morgen nach der tödlichen Diagnose im Bett *Twinkle, twinkle, little star* gesungen hat und wie wir überlegt haben, das Lied auf ihrer Beerdigung vortragen zu lassen?«

»Wie könnte ich das je vergessen«, stöhnte Peter, und sein Gesicht schien in sich zusammenzufallen. »Aber die Idee gefällt mir immer noch. Lass uns überlegen, wer es singen könnte.«

»Ich werde die Mütter aus der Spielgruppe fragen. Vielleicht kennen sie ja jemanden, der sich das zutraut«, sagte ich.

Als ich mir die Beerdigung weiter ausmalte, sah ich einen großen Haufen schwarzgekleideter Gestalten am Grab stehen.

Entsetzt sagte ich: »Sophie mag kein Schwarz.«

Wie oft hatten wir uns darüber amüsiert, dass uns unsere Tochter beim Spielen immer alle schwarzen und grünen Steine und anderen Gegenstände gegeben und sich selbst die roten, blauen, gelben und pinkfarbenen genommen hatte. Damals fanden wir das niedlich. Jetzt hatte es etwas Tragisches, steht Schwarz doch für den Tod und Grün für die Hoffnung.

Nun geriet auch Peter in Aufregung: »Unter keinen Umständen dürfen auf ihrer Beerdigung alle Schwarz tragen. Das können wir ihr nicht antun. Wir müssen die Trauergäste anrufen und sie bitten, sich bunt und fröhlich zu kleiden.«

Der Tag der Beerdigung kam. Ich zog ein pinkfarbenes T-Shirt an und einen pink-weiß gestreiften Rock. Auch Peter und meine Eltern kleideten sich in freundliche Farben.

Als wir auf dem Parkplatz des Friedhofs eintrafen, war der Leichenwagen schon da.

Vorsichtig hoben die Träger den weißen Sarg heraus.

Wie klein er war.

Wir schmückten ihn mit Blumenkränzen, und Peter und Katrinas Vater trugen ihn langsam den langen Weg entlang zum Grab. Ich ging neben Peter, und meine Eltern folgten uns. Beim Gehen sah ich, dass Marieke, Sophies zweiter Vorname, auf der Sargplakette falsch geschrieben war. Es fehlte das e hinter dem i. Das geht doch nicht, dachte ich erst, aber dann versuchte ich, mich zu beruhigen. Es ließ sich nicht mehr ändern und war auch nicht wichtig. Niemand würde diese Plakette je wieder zu Gesicht bekommen.

Langsam näherten wir uns dem ausgehobenen Grab mit dem großen Erdhaufen daneben. Pastor Wiedemann war schon da und schaute uns in seinem schwarzen Talar entgegen. Die bereits versammelten Trauergäste kamen mir vor wie ein bunter Blumenstrauß inmitten einer Steinwüstenlandschaft: Rote, gelbe, blaue, grüne und pinkfarbene Blusen, Röcke und Hemden leuchteten uns entgegen. Unsere Tochter hätte sich bestimmt darüber gefreut und allen erklärt, dass sie ja auch kein Schwarz mochte.

Peter und Katrinas Vater stellten den Sarg am offenen Grab ab. Dann machten unsere Freunde und die anderen Familienmitglieder Platz, und Peter, meine Eltern und ich stellten uns in ihre Mitte. Ted, der Arzt, den wir nach Sophies Diagnose wegen der Chemotherapie konsultiert hatten, drängte sich zu mir durch, stellte sich dicht hinter mich und flüsterte mir zu: »Du bist ein wunderbarer Mensch.«

Ich zuckte zusammen. Was für ein befremdlicher Satz. Erst Wochen später, als ich mich mit Selbstzweifeln plagte, verstand ich das Geschenk, das mir Ted mit diesen Worten zu geben versuchte. Er wusste aus eigener Erfahrung, dass Eltern nach dem Tod ihres Kindes dazu neigen, sich selbst infrage zu stellen.

Pastor Wiedemann begann mit seiner Ansprache: »Liebe Eltern und Großeltern, liebe Joanne, liebe Trauergäste. Wir sind hier heute zusammengekommen, um uns in Gottes Namen noch einmal an Sophie zu erinnern und uns von ihr zu verabschieden.«

Diese Worte hörte ich noch. Danach nahm ich Pastor Wiedemanns Stimme nur wie ein Rauschen wahr und versuchte, die vielen Ameisen abzuschütteln, die über meine Sandalen und Füße liefen. Ameisen an Sophies Grab: wie schrecklich, dachte ich. Hoffentlich sind sie nur hier oben und werden später nicht durch den Sarg krabbeln.

Irgendwann hörte ich Pastor Wiedemann von der Liebe sprechen, verlor aber schnell wieder den Faden. Meine Mutter erzählte später, dass er aus dem ersten Brief des Paulus an die Korinther zitierte, und zwar den letzten Vers des Hoheliedes der Liebe: »Nun aber bleiben Glaube, Hoffnung, Liebe, diese drei; aber die Liebe ist die Größte unter ihnen.« Und dann habe er hinzugefügt: »Aber je größer die Liebe, desto größer der Schmerz. Der Schmerz gräbt sich eine Höhle ins Herz, und diese Höhle wird gefüllt mit Liebe. Denn, wie der Apostel Paulus sagte: Die Liebe höret nimmer auf.«

Erst als Pastor Wiedemann für einen Moment in die deutsche Sprache wechselte, konnte ich seinen Worten wieder folgen. Er sprach meine Mutter direkt an und sagte, dass er bei den Worten des Apostel Paulus immer an sie denken wird. Daran, wie sie ihrer Enkelin am Totenbett die Geschichte vom kleinen Lamm vorgelesen habe. So wie früher.

»Die Liebe höret nimmer auf«, wiederholte er. »Auch nicht nach dem Tod.«

Das gefiel mir.

Die Liebe zu meiner Tochter würde bleiben.

Für immer.

Irgendwann trat Pastor Wiedemann zur Seite, und Peter ging nach vorn. Er legte seine Hand für einen Augenblick schweigend auf das Kopfende des Sarges. Dann faltete er ein Schriftstück auseinander und begann, unsere letzten Worte an unsere Tochter vorzutragen: »Liebe Sophie, gestern haben deine Mama und ich über die Dinge gesprochen, die wir dir zum Abschied sagen wollen. Und weil ich wusste, dass ich so traurig sein würde und nichts vergessen wollte, habe ich sie aufgeschrieben.

Während der letzten Monate musstest du großes Leid ertragen, und du hast uns unendlich leidgetan. Wir konnten dir nicht erklären, warum du Krebs bekommen hattest und sterben musstest. Denn wir wussten es selbst nicht. Vor langer Zeit sagte der Prediger Salomo einmal: ›Ein jegliches hat seine Zeit, und alles Vorhaben unter dem Himmel hat seine Stunde: Geboren werden hat seine Zeit, sterben hat seine Zeit; pflanzen hat seine Zeit, ausreißen, was gepflanzt ist, hat seine Zeit;

töten hat seine Zeit, heilen hat seine Zeit … weinen hat seine Zeit, lachen hat seine Zeit … lieben hat seine Zeit, hassen hat seine Zeit; Streit hat seine Zeit, Friede hat seine Zeit.‹ Vielleicht hatte Salomo in einigen dieser Dinge recht. Aber warum sollte es eine Zeit geben für Streit und Hass, und warum sollte ein kleines Kind wie du leiden und sterben müssen?

Wir haben auch heute noch keine Antworten auf diese Fragen. Aber, kleine Sophie, wir haben bewundert, wie du mit deiner Krankheit umgegangen bist. Wie du versucht hast, die damit einhergehenden Beschränkungen zu überwinden. Und wie du darum gekämpft hast, so lange wie möglich Kontrolle über dein Leben zu behalten. Du hast bis zum Ende bestimmt, mit wem du zusammen sein wolltest. An einem Abend sagtest du: ›Ich schlafe mit Daddy.‹ An einem anderen: ›Ich schlafe mit Mami.‹ Du hast jeden Morgen entschieden, welches T-Shirt du anziehst. Und als du kaum noch laufen und sprechen konntest und wir dich im Buggy spazieren gefahren haben, zeigtest du an jeder Straßenecke mit deinem kleinen Zeigefinger, wohin die Reise gehen sollte. Du hast bis zum Schluss am Leben festgehalten, und erst als du gar nicht mehr konntest, hast du es losgelassen.

Das größte Geschenk, das du uns gegeben hast, Sophie, war deine Liebe. Während der letzten Tage, du konntest kaum noch sprechen, dich nicht mehr bewegen, uns nicht mehr umarmen, um uns deine Liebe in der dir eigenen Art zu zeigen, sagtest du ›Ich hab Mami und Daddy lieb‹. Du hast uns so reich beschenkt.

Dein ganzes Leben hindurch warst du ehrlich zu uns. Wenn du dich geärgert hast, sagtest du ›Geh weg, Daddy‹, ›Geh weg, Mami‹, aber kurze Zeit darauf kamst du voller Liebe zu uns zurück.

Sophie, du hast uns gezeigt, wie man das Beste aus jeder Minute des Tages macht. Du wusstest, dass alle Dinge ihren Wert haben, wenn wir uns nur die Zeit nehmen, sie zu sehen und zu hören. Mit zweieinhalb Jahren wusstest du das. Du hast nichts schnell gemacht. Du hast alles um dich herum genau betrachtet: Wasser, Blumen, Menschen, Schnecken, Autos und Fladenbrot. Manchmal spieltest du mit deiner Mama hinten im Garten in deiner kleinen Höhle. Mama saß auf einem Steinhaufen, und du liefst herum und hast Blätter, Stöcke und Steine gesammelt. Dann legtest du den Arm um sie und zeigtest ihr deine Schätze, so als seist du die Mutter und sie das Kind.«

Peter legte seine Hand erneut auf die Kopfseite des Sarges und schloss mit den Worten: »Sophie, du warst unsere Lehrerin, unser leitendes Licht, unser kleiner Stern, und wir danken dir.«

Durch Peters Ansprache war Sophie wieder für einen kurzen Moment lebendig geworden. Jedenfalls für mich. Ich sah, wie sie mich mit ihren blauen Augen vertrauensvoll anblickte, wie sie mir ihre Schätze im Garten zeigte, wie sie immer kränker wurde und mit aller Kraft um ihr Leben kämpfte.

Und wie sie diesen Kampf verlor.

Ich weiß nicht, wie die anderen Trauergäste reagierten, denn ich nahm sie kaum wahr. Ich war umringt von Menschen, die mir etwas bedeuteten, und fühlte mich dennoch allein. Allein und ohne Verbindung zu mir selbst. Als ob meine Gefühle abgeschaltet worden wären.

Gegen Ende der Beerdigung wiederholte Pastor Wiedemann Sophies Taufspruch, die Worte Jesajas: »Nun spricht der Herr, der dich geschaffen hat: Fürchte dich nicht, denn ich habe dich erlöst; ich habe dich bei deinem Namen gerufen; du bist mein.«

Danach trat eine mir fremde Frau mit einer Gitarre vor.

»Oh nein«, dachte ich, »bitte keine Gitarre.« Aber da erklangen bereits die ersten Töne und die von der Spielgruppe organisierte Musikerin sang:

Twinke, twinkle, little star,
how I wonder where you are.
Up above the world so high,
like a diamond in the sky.
Twinkle, twinkle, little star,
how I wonder what you are.

Während der Sarg langsam in der Erde verschwand, vernahm ich noch eine andere Stimme. Ich hörte wie unsere kleine Tochter dieses Lied einen Tag nach der tödlichen Diagnose morgens im Bett sang, nicht ahnend, was ihr noch alles bevorstand.

Nach Sophies Tod drehte sich die große weite Welt weiter, als sei nichts geschehen. Die Sonne ging jeden Morgen auf. Menschen lachten, arbeiteten, stritten und liebten. Selbst die Vögel hörten nicht auf zu zwitschern.

Unsere kleine Welt aber blieb stehen.

Epilog

Viele Jahre später passierte etwas, das ich erzählen muss, um die Geschichte meiner Tochter zu vollenden.

Als es geschah, absolvierte ich gerade eine psychoanalytische Weiterbildung und befand mich in einer therapeutischen Sitzung mit meinem Lehranalytiker. Nach Sophies Tod hatte ich mich auf die Beratung und Psychotherapie von Eltern mit Säuglingen und Kleinkindern spezialisiert, und diese Weiterbildung sollte mir helfen, ein größeres Wissen über unbewusste Prozesse zu erwerben.

Ein wesentlicher Bestandteil der Weiterbildung war die Selbsterfahrung. Dazu musste ich mehrmals die Woche einen Analytiker aufsuchen und mit ihm über die Themen, die mich innerlich bewegten, sprechen. Natürlich ging es dabei auch um mein eigenes Unbewusstes, dem es auf die Schliche zu kommen galt.

In den ersten Jahren dieser Analyse hatte ich mich immer wieder mit dem Leben, Sterben und Tod meiner Tochter auseinandergesetzt. Dabei waren mir meine Empfindungen, die anfangs noch roh, vielschichtig und teilweise diffus gewesen waren, verständlicher geworden. Und sie hatten Namen bekommen. Namen wie: Angst, Ohnmacht, Mitleid, Schuldgefühl und Trauer.

In dieser Sitzung nun sah ich plötzlich ein himmelblaues T-Shirt vor mir. Ich kniff die Augen zusammen, um es besser erkennen zu können. In der Mitte leuchtete etwas Rotes, und langsam entstanden Konturen. Es war eine große Erdbeere, zum Anfassen nah. Ich betrachtete sie genauer. Auf der Erdbeere saß ein kleines Mädchen und guckte in die Welt hinaus.

»Habe ich Ihnen eigentlich schon erzählt, welches Kleidungsstück Sophie trug, als sie starb?«, fragte ich meinen Analytiker verblüfft.

»Nein.«

Das war ja merkwürdig.

Mein Herz fing an, schneller zu schlagen, und mir wurde zum ersten Mal bewusst, dass Sophie nicht irgendein Kleidungsstück getragen hatte, sondern ein ganz besonderes. Aufgeregt erzählte ich, wie es dazu gekommen war.

Es war kurz vor ihrem Tod gewesen, zu einem Zeitpunkt, an dem sie kaum noch sprechen konnte. Sie hatte bereits eine Weile bewegungslos auf dem Bett gelegen, als sie plötzlich die Augen aufschlug und mir mit aller Kraft verständlich zu machen versuchte, dass sie das T-Shirt mit dem kleinen Mädchen auf der roten Erdbeere anziehen wollte. Ich wusste sofort, welches sie meinte. Sie hatte es vor langer Zeit von ihrer Halbschwester Joanne bekommen.

»Aber das passt dir doch gar nicht mehr.«

»Sophie das T-Shirt anziehen.«

Sie wollte es tragen.

Unbedingt.

Peter ging ins Kinderzimmer und fing an, danach zu suchen. Als er zwischen den Kleidungsstücken, denen Sophie bereits entwachsen war, fündig wurde, atmeten wir auf. Glücklicherweise hatten wir es noch nicht entsorgt. Und so zwängten wir unsere Tochter in das alte, viel zu kleine T-Shirt hinein. Erst dann war sie zufrieden und schloss erneut die Augen.

Das T-Shirt klebte wie eine zweite Haut an ihrem Körper und lag so eng an, dass wir es ihr nach ihrem Tod vom Leib schneiden mussten.

»In diesem Kleidungsstück ist sie gestorben«, sagte ich, »bleich, abgemagert und mit dickem Bauch und Bein lag sie da, in diesem himmelblauen T-Shirt mit der leuchtend roten Erdbeere auf der Brust. Tot.«

Ich hörte meinen Analytiker tief einatmen.

Das Bild stand vor mir im Raum und rührte sich nicht vom Fleck. Es wollte betrachtet werden. Und zum ersten Mal gelang es mir, nicht wegzuschauen.

»Es war wie ein bizarres Gemälde. Ich weiß noch, dass ich gedacht habe: Wie kann man sich denn so ein T-Shirt aussuchen und darin sterben? Das ist doch absurd.«

»Vielleicht haben Sie nie davon erzählt, weil der Anblick so unerträglich war, dass Sie ihn ausblenden mussten.«

»Ich konnte ihn nicht aushalten. Auf der einen Seite der Tod, auf der anderen dieses T-Shirt, welches das blühende Leben repräsentierte. Es passte nicht zusammen. Für mich gab es damals nur den Tod, nichts Anderes. Ich hatte das T-Shirt die ganzen Jahre über nicht vergessen, ihm aber keine Bedeutung beigemessen. Ja, das ist es. Ich konnte es nicht als bedeutsam anerkennen. Peter und meinen Eltern muss es ähnlich ergangen sein, denn auch sie haben nie ein Wort darüber verloren.«

Wie eigenartig.

Nachdem ich einen Moment darüber nachgedacht hatte, beschäftigte ich mich erneut mit der Frage, wie Sophie ihr Leben wohl erlebt hat. Es erschien mir so unverhältnismäßig: Sie war nur zwei Jahre und vier Monate gesund und musste dann sechs Monate lang schrecklich leiden. Wenn ich sie hätte fragen können: Sophie, sag, wie war dein Leben? War es, trotz der Krankheit, auch schön? Was hätte sie geantwortet? Und vor allem: Hätte sie mir vergeben?

Hätte sie mir vergeben, dass ich sie nicht, wie andere Mütter, mit einem Körper ausgestattet hatte, der ihr ein durchschnittlich langes Leben ermöglichte? Hätte sie mir vergeben, dass ich mein Versprechen, sie zu behüten und beschützen und Unheil von ihr abzuwenden, nicht gehalten hatte?

Nicht halten konnte?

Wieder sah ich ihre tiefblauen Augen vor mir, die mich so vertrauensvoll ansahen. Und erneut hörte ich die Worte »Mami macht Sophie heil« in meinem Innern. Mit welcher Selbstverständlichkeit und Zuversicht sie davon ausgegangen war, dass ich es richten würde. Und wie sehr musste ich sie enttäuschen. Bei diesen Gedanken liefen mir die Tränen die Wangen herunter.

Aber dann überlegte ich erneut, ob Sophie vielleicht weniger streng und verurteilend gewesen war als ich. Vielleicht konnte sie wirklich schneller und besser akzeptieren, dass wir zwar vieles, aber nicht alles im Leben beeinflussen können. Dass nicht alles in unserer Macht liegt.

»Ich war immer davon ausgegangen, dass meine Fragen unbeantwortet bleiben würden«, sagte ich, »und jetzt, nach so vielen Jahren, fällt es mir wie Schuppen von den Augen: Sie sind nicht unbeantwortet geblieben. Das T-Shirt selbst ist die Antwort. Das himmelblaue T-Shirt mit dem kleinen Mädchen auf der roten Erdbeere.«

Mein Analytiker hatte mir schweigend zugehört. Jetzt fragte er, wie ich Sophies Antwort denn verstehen würde.

»Ich glaube, dass sie durch das T-Shirt etwas über sich selbst zum Ausdruck gebracht hat. In Worte fassen konnte sie es ja nicht, klein und krank, wie sie war. Aber was sich genau in ihr abspielte, werde ich wohl nie mit Sicherheit wissen. Ich weiß jedoch, was in mir vorging, als ich das T-Shirt am Körper meines toten Kindes eben zum ersten Mal bewusst zur Kenntnis genommen habe. Es war wie ein Beweis dafür, dass Sophie ihr Leben, trotz des großen Leides, auch als schön empfunden hat. Aber da ich mich so schuldig gefühlt habe, konnte ich das all die Jahre nicht sehen.«

Eine wohlige Wärme breitete sich in meinem Körper aus. Ich atmete tief durch.

»Ich denke, dass das T-Shirt von den positiven Erfahrungen erzählt, die Sophie in ihrem Leben gemacht hat, vielleicht sogar zum Schluss noch, als Peter und ich in inniger Verbundenheit mit ihr zusammen auf dem Bett gelegen haben. Denn ich glaube nicht, dass sich jemand, der im Groll geht, so ein Kleidungsstück zum Sterben anziehen würde. Für mich ist dieses T-Shirt wie eine Vergebung. Aber wahrscheinlich musste sie mir gar nicht vergeben, da sie mich, im Gegensatz zu mir selbst, nie schuldig gesprochen hatte. Es war wohl eher mein Thema als ihres.«

Wieder wanderte mein innerer Blick zu meiner Tochter auf dem Totenbett, und ich spürte eine eigenartige Stille. Die Stille ihrer Abwesenheit. Auf ihrem T-Shirt sah ich das Mädchen auf der roten Erdbeere sitzen und in die Welt hinausschauen. Aber darunter war noch etwas. Ein Schriftzug, der die pralle Frucht zu tragen und zu wiegen schien. Ich versuchte, ihn zu entziffern. Die Buchstaben wurden langsam erkennbar, und ich konnte endlich aufnehmen, was unter der Erdbeere in schwarzen Lettern geschrieben stand:

Life is delicious – Das Leben ist köstlich.

Danksagungen

Ich danke folgenden Personen, dass sie das Manuskript ganz oder teilweise gelesen und durch ihre Kommentare bereichert haben:

Dr. Carola Bindt, Regina Delfs, Renate Dörfler, Michael Kasten, Prof. Wulf-Volker Lindner, Dr. Wulf Löffler, Sonja Schäuble, Ursula Sietzen und Dr. Wolfgang Wiedemann.

Danken möchte ich auch Cathy Morrisroe, weil sie ihre Erinnerungen an unsere gemeinsame Zeit in Sydney für dieses Buch noch einmal mit mir geteilt hat.

Ich freue mich, dass meine Literaturagentin Christine Proske an das Manuskript geglaubt hat und den Bastei Lübbe Verlag dafür gewinnen konnte, es zu publizieren. Ohne sie würde das Buch heute wohl nicht vorliegen. Danken möchte ich auch meiner Lektorin Ramona Jäger für die vielen Impulse, die sie mir bei der Überarbeitung gegeben hat.

Ganz besonders verbunden bin ich Edmund Kottisch für seine emotionale Unterstützung. Obwohl er Sophie nie persönlich kennengelernt hat, ist sie durch meine Erzählungen inzwischen auch Teil seines Lebens geworden.